Y.5777. # LA FOIRE
DES POETES,
L'ISLE DU DIVORCE,
ET
LA SYLPHIDE,
COMÉDIES.

Reprefentées pour la premiere fois par les
Comédiens Italiens ordinaires du Roy,
le onze Septembre 1730.

Par Meffieurs DOMINIQUE *&* ROMAGNESI,
Comédiens du Roy.

Le prix eft de vingt-quatre fols.

A PARIS,

Chez LOUIS-DENIS DELATOUR, Imprimeur
de la Cour des Aydes, en la maifon de feuë la veuve
Muguet, ruë de la Harpe, aux trois Rois.

M. DCC. XXX.
Avec Approbation & Privilege du Roy.

ACTEURS DU PROLOGUE.

UN ACTEUR de la Comédie Françoise.

TRIVELIN.

PLUSIEURS POETES.

UN POETE chantant.

QUATRE POETES dansans.

ANGELIQUE.

LA FOLIE.

LE PROFESSEUR de Poësie.

APPRENTIFS POETES.

SUIVANTES de la Folie.

LA FOIRE
DES POETES.

PROLOGUE.

SCENE PREMIERE.

UN ACTEUR FRANÇOIS. TRIVELIN.
L'ACTEUR.

 EROIST CE Trivelin?

TRIVELIN.

C'est Achille, si je ne me trompe.

L'ACTEUR.

Que venez-vous chercher ici?

TRIVELIN.

Ce que je n'y trouverai peut-être pas de bonnes pieces.

L'ACTEUR.

Et moy ce qu'on n'a vû de long-tems, de bonnes Tragedies.

TRIVELIN.

Comment avez-vous pû pénétrer dans cet azile?

L'ACTEUR.

J'aurois la même question à vous faire Mons Trivelin.

TRIVELIN.

Ah! Mr Achille; Mr Oreste, Mr Califthene, je n'ay rien de caché pour vous; vous fçavez mieux que moy que nous en avons très-mal agi avec Messieurs les Auteurs.

L'ACTEUR.

Ils le meritoient.

TRIVELIN.

Que vous les receviez à vos assemblées avec des airs de fierté qui ne leur plaifoient pas.

L'ACTEUR.

Dites avec un air noble.

TRIVELIN.

Vous fçavez aussi que nous en avons rebuté une grande partie, parce que nous avons refusé d'eux plusieurs mauvaifes Pieces.

L'ACTEUR.

Vous en avez pourtant reçû de bien pitoïables; cela devoit vous raccommoder avec eux.

TRIVELIN.

Passons, s'il vous plaît, il vous souvient du jour fatal où ces enfants d'Appollon se liguerent ensemble, fortirent de Paris, prirent la refolution de ne nous plus donner de nouveautez.

L'ACTEUR.

Oüy.

TRIVELIN.

Que depuis ce temps nos Théâtres languiffent, & que fans Abfalon vous étiez aussi embarraffez que nous; car enfin on ne donne pas tous les jours Andromaque.

L'ACTEUR.

Hebien.

TRIVELIN.

Il a donc été décidé parmi nous que j'irois chercher

le lieu où ces Messieurs font leur résidence, que je tâcherois de ménager un raccommodement, & que je leur ferois beaucoup de civilitez, parce que notre Troupe a besoin d'eux.

L'ACTEUR.

Après.

TRIVELIN.

J'ay sçû que le pere des neuf Muses avoit recüeilli leurs chers nourrissons, & leur donnoit une retraite en ces lieux ; ils y tiennent une espece de Foire où il est permis à tout le monde de s'y pourvoir pour de l'argent de tout ce qu'on leur demande, vous y trouvez Tragedies, Comédies, Operas, Idylles, Elegies, Sonnets, Madrigaux & Impromptus sur toutes sortes de sujets.

L'ACTEUR.

Cela est commode.

TRIVELIN.

Apollon, dis-je, leur a fait bâtir un Hôtel magnifique, dans lequel il les nourrit & les entretient, tout ce qu'ils vendent est pour leurs menus plaisirs.

L'ACTEUR.

Voilà les Poëtes sur un bon pied, mais comment Apollon peut-il suffire à une si grande dépense ?

TRIVELIN.

Elle est moins considerable que vous ne pensez, il ne les nourrit que de Caffé ; les Auteurs sont ordinairement très sobres, ils n'ont jamais d'appetit que quand ils dînent en Ville.

L'ACTEUR.

J'ay trouvé cet endroit-cy comme vous ; mais j'ignorois toutes ces particularités, il nous faut donc de l'argent pour avoir ce que nous souhaittons.

TRIVELIN.

Oüy sans doute, ces Messieurs ne veulent plus rien risquer : Mais à propos il vous en faut plus qu'à moy,

A iij

puisque c'est une Tragedie que vous demandez, avez
vous apporté une grosse somme?

L'ACTEUR.

Non, mais ne pouvez-vous pas me prêter....

TRIVELIN.

Oh non, j'ay besoin de deux Pieces & d'un Prologue, & je n'ay pris sur moy que l'argent de la Caisse.

L'ACTEUR.

Cela étant, vous en aurez de reste.

TRIVELIN.

C'est ce qui vous trompe, je serai bien heureux si j'ay
dequoy payer une bonne Scene,

L'ACTEUR.

Vous avez dites-vous tout l'argent de la Caisse.

TRIVELIN.

Oüy, mais cela ne se monte qu'à quinze francs.

L'ACTEUR.

A quinze francs, cela m'étonne.

TRIVELIN.

Et vous?

L'ACTEUR.

Oh pour nous nous avons plus de quinze mille livres.

TRIVELIN.

De fonds.....

L'ACTEUR.

Non de dettes.

TRIVELIN.

Malepeste vous êtes plus riches que nous, puisque vous
avez tant de credit.

L'ACTEUR.

Que voulez-vous, j'avoüe que c'est un peu notre faute,
mais il faut bien profiter de la belle saison; on a d'il-
lustres connoissances qui vous entraînent à la campagne,
les parties de plaisir se succedent, on n'a pas le temps
d'étudier, on ne voit personne à la Comédie, cela vous

dégoute; on vous reproche votre négligence aux assemblées, cela vous pique; pour montrer que vous avez raison, vous ne joüez point; le Public vous souhaitte, cela fait voir à vos camarades combien vous leur êtes utile, ils en enragent, & voilà ce qui cause le dérangement.

TRIVELIN.

C'eſt à peu près de même chez nous, nous ſommes occupez de toute autre choſe que de notre profeſſion; Silvia lit des Romans, Romagneſi travaille en tapiſſerie, Scaramouche joüe au Piquet, Pantalon prend les eaux de Paſſi, Arlequin cultive ſon petit Jardin, ſa fille chante, & ſa femme fait des enfans.

L'ACTEUR.

C'eſt-à-dire que de nos deux Troupes on auroit bien de la peine à en faire une raiſonnable.

TRIVELIN.

Voici à peu près l'heure où les Auteurs s'aſſemblent; ſuivez moy, je vais vous conduire à leur Hôtel.

SCENE DEUXIE'ME.

On leve le rideau, un nombre de Poëtes paroit aſſis, comme les Dieux le font à l'Opera. Le Théatre repreſente un Caffé avec pluſieurs tables de marbre; deux femmes ſe promennent en verſant du Caffé à droite & à gauche, & les Poëtes chantent le Chœur qui ſuit.

CHOEUR DE POETES.

Verſez de ce Caffé charmant,
Il eſt notre unique aliment.

Quatre Poëtes danſent tenant chacun une taſſe

de Caffé, & font des gestes d'admiration pour montrer combien ils aiment ce breuvage.

UN POETE *chantant.*

C'est vous aimable breuvage
Qui ranimez tous les esprits,
Sitôt que nous vous avons pris,
Des Dieux nous parlons le langage;
Nous rimons tous à qui mieux mieux,
Et saisis d'une docte extase
Nous nous élevons jusqu'aux cieux,
L'onde que fit jaillir Pégaze
N'a rien de plus délicieux.

LE CHOEUR *repete.*

Versez de ce Caffé charmant,
Il est notre unique aliment.

PREMIER POETE.

Et moy je vous soutiens que le Caffé est pernicieux pour la santé; Garçon apportez-moy de la Limonade.

TOUS.

Le Caffé est pernicieux pour la santé.

PREMIER POETE.

Oüy Messieurs, je vous le démontrerai par des raisons Phisiques.

DEUXIE'ME POETE.

Et moi, Monsieur, je vous prouverai le contraire Geometriquement.

PREMIER POETE.

Raisonnons sur un principe, il cause des insomnies.

DEUXIE'ME POETE.

Moi je dis qu'il fait dormir.

PREMIER POETE.

Messieurs, retenez bien ce que Monsieur vient de dire, le Caffé fait dormir, vous voyez qu'il agit d'une manière differente, & selon les temperamens, tirons une consequence ; ors, qu'il provoque au sommeil, ou qu'il le trouble, qu'il assoupisse les sens, ou qu'il les réveille, ses effets n'en sont pas moins préjudiciables, puisqu'il fait circuler le sang avec trop de rapidité, ou bien il le coagule ; je le compare donc à la Tarantulle, ou à l'Opium.

DEUXIE'ME POETE.

Conséquence très faussement tirée, je l'appelle moi le Vehicule universel ; trouve-t'il la masse du sang obstruée, ses pointes aiguës sont autant de lignes qui en divisent les humeurs collaterales ; la masse du sang est-elle trop fluide, il en remplit les vuides par une matiere visqueuse qui l'épaissit.

TROISIE'ME POETE.

Et Messieurs croyez-moi, cessez vos disputes.

LE POETE *chantant avec le Chœur,* *ils ne sçavent ce qu'ils disent.*

Versez de ce Caffé charmant ;
Il est notre unique aliment.

SCENE TROISIE'ME.

TRIVELIN, L'ACTEUR FRANÇOIS, LES SUSDITS.

PREMIER POETE.

BON voici des chalans qui nous viennent, crions notre marchandise, Poëme à my sucre.

DEUXIE'ME POETE.

Satyre à l'eau de vie.

TROISIE'ME POETE.

Opera à la glace.

PREMIER POETE.

Tragedie seche.

DEUXIE'ME POETE.

Comedie gelée.

QUATRIE'ME POETE.

Epigramme au feu d'enfer.

CINQUIE'ME POETE.

Contes au gros sel.

TOUS.

Messieurs ne vous faut-il rien du nôtre.

TRIVELIN.

Il y a ici de quoi choisir.

L'ACTEUR.

Mr j'ai besoin d'une Tragedie, mais je voudrois qu'elle
ne fut pas si seche.

PREMIER POETE.

Ce sont pourtant celles qui se gardent le plus, demandez aux Libraires.

TRIVELIN.

Mr je voudrois des Comedies, mais qu'elles ne fussent
point gelées, tâchez de m'en trouver de toutes chaudes.

DEUXIE'ME POETE.

J'ay votre affaire, en voici deux qui ne font que de
sortir de là.　*se touchant au front.*

TRIVELIN.

Je crains bien qu'elles n'en soient pas plus chaudes.

PREMIER POETE à L'ACTEUR.

J'ay ce qu'il vous faut, voilà une Tragedie en prose.

L'ACTEUR.

Je vous suis bien obligé, gardez-là pour la petite
Troupe.

PREMIER POETE.

En voici une autre.

L'ACTEUR.

Le tiltre.

PREMIER POETE.

Burrhus.

L'AUTEUR.

Mais M^r croïez vous....

PREMIER POETE.

Je vous la garantis excellente, je l'ay laiſſée confire dans ſon jus depuis l'année paſſée.

L'ACTEUR.

Ayez la bonté de me la confier pour un moment ; j'en feray la lecture.

PREMIER POETE.

Vous la confier ; donnez-moi donc des gages.

L'ACTEUR.

Je ne ſortirai point de la ſale ; faites-moi garder à vûë.

PREMIER POETE.

Pour plus de ſeureté je vais moi-même vous en faire remarquer les beaux endroits.

L'ACTEUR.

Ah ! volontiers. *Ils s'en vont.*

TRIVELIN.

Quoy vous n'avez que deux petites Comedies, il nous faudroit un Prologue pour rendre le Spectacle complet.

DEUXIE'ME POETE.

Que cela ne vous embarraſſe point, je vous en ferai un dans un quart d'heure.

TRIVELIN.

Oüida cela ſe fait comme une priſe de Chocolat.

DEUXIE'ME POETE.

Surquoy le voudriez vous.

TRIVELIN.

N'auriez vous point une Parodie toute prête du Carnaval & de la Folie.

DEUXIE'ME POETE.

Vous êtes venu trop tard, j'en ay envoyé une ces

jours passez aux Marionettes, si j'avois sçu cela, je vous aurois donné la préférence.

TRIVELIN.

Vous nous faites bien de l'honneur, il faut convenir que l'Opera est d'une grande ressource pour les autres Spectacles : Quel est le titre de vos deux Comedies ?

DEUXIE'ME POETE.

Je ne vous le diray pas, que nous n'ayons fait marché.

TRIVELIN.

Ayez donc la bonté de me les lire.

DEUXIE'ME POETE,

Je ne vous les liray point que vous ne les ayez achetées.

TRIVELIN.

Mais cela est ridicule, achete-t'on les choses sans sçavoir ce qu'elles valent.

DEUXIE'ME POETE.

Oüy quand on s'y connoit aussi peu que vous autres Messieurs, il faut s'en rapporter à ceux qui les ont faites.

TRIVELIN.

A combien les taxez vous ; je vous diray en confidence que je n'ay que quinze francs.

DEUXIE'ME POETE.

Ma foy, Monsieur, je n'ay pas dequoy vous rendre votre reste.

TRIVELIN.

Mon reste, voilà deux pieces qui ne sont pas cheres, hebien, Monsieur, nous nous accommoderons ; j'ay ici un de mes amis qui a besoin d'une Tragedie, vous donnerez le surplus à votre camarade.

DEUXIE'ME POETE.

Venez, je vais vous faire la lecture de ma Silphide & de mon Isle du divorce, je compte que dorénavant j'aurai votre pratique.

TRIVELIN.

Oüi, oüi je viendrai vous voir souvent, à cause du bon marché.

SCENE QUATRIE'ME.

ANGELIQUE. LES POETES.

ANGELIQUE.

MEssieurs, ayez s'il vous plaît la bonté de m'enseigner le bon faiseur de chansonnettes.

UN POETE.

C'est moy, Mademoiselle.

UN AUTRE POETE.

Ne vous y trompez pas c'est ici.

TROISIE'ME POETE.

Tenez, Mademoiselle, en voici à choisir, sur quel sujet les voulez-vous?

ANGELIQUE.

J'en voudrois qui convinssent à mon amant.

TROISIE'ME POETE.

Il est infidelle sans doute.

ANGELIQUE.

Infidelle; point du tout, c'est moy qui ay envie de l'être, & je serois bien aise avant que de m'en défaire de me justifier par quelque couplet qui lui fit sentir que j'ay eu raison de le quitter.

TROISIE'ME POETE.

Cela est facile, de quel caractere est-il?

ANGELIQUE.

Il n'en a point, c'est un jeune indolent qui n'aime que pour aimer, qui croit avoir rempli tous les devoirs de l'amant le plus passionné, quand il m'a dit languisfament je vous adore, il me dit toujours la même chofe, ne me mene jamáis aux Spectacles; aux promenades, il eft toujours trifte, toujours férieux; fi je veux qu'il danfe, il eft fatigué; fi je veux qu'il chante, il eft en- rhumé; enfin je ne fçais qu'en faire.

TROISIE'ME POETE.

Voilà un amant de peu de reffource; mais peut-être auffi craint-il d'être fufpect à votre pere, ou à votre mere, & c'eft aparament pour cela qu'il agit avec tant de circonfpection.

ANGELIQUE.

Je n'ay ni pere ni mere, je fuis ma maîtreffe.

TROISIE'ME POETE.

Hebien que ne vous époufe-t'il?

ANGELIQUE.

Quand je luy en fais la propofition; il me répond qu'il n'eft pas en âge.

TROISIE'ME POETE.

C'eft donc un enfant.

ANGELIQUE.

Bon, il a près de trente ans.

TROISIE'ME POETE.

Voilà un garçon bien tardif, oh ma foy il mérite le couplet; tenez, voyez fi cette chanfon vous convient.

ANGELIQUE.

Donnez. . . . elle eft fur l'air

Daphnis m'aimoit fi tendrement,
Qu'il me plaifoit infiniment.

Ah je le fçais, je le fçais, il eft joly.

Elle lit & chante.

Quand mon amant me fait la cour
Il languit, il pleure, il foupire
Et paffe avec moi tout le jour

A me raconter ſon martire,
Ah ! s'il le paſſoit autrement
Il me plaiſoit infiniment.

Ce couplet-là a bien raiſon, voilà juſtement ce qu'il
me faut.

L'autre jour dans un bois charmant
Ecoutant chanter la Fauvette,
Il me demanda tendrement
M'aimes-tu ma chere Liſette,
Je luy dis oüy, je t'aime bien,
Il ne me demanda plus rien.

Il ſemble que cela ſoit fait exprès pour luy.

Puiſque j'ay fait naître tes feux,
Rien ne flatte plus mon envie,
Je ſuis, reprit-il, trop heureux,
O jour le plus beau de ma vie !
Et repetoit à chaque inſtant,
C'en eſt aſſez, je ſuis content.

C'eſt luy, c'eſt mon ſot amant.

De cet amant plein de froideur
Il faut que je me dédommage,
J'en veux un qui de mon ardeur
Sçache faire un meilleur uſage,
Qu'il ſoit heureux à chaque inſtant,
Et qu'il ne ſoit jamais content.

On ne peut pas mieux, Monſieur, je vous promets
que je les feray courir, tenez voilà un écu, eſt-ce aſſez.

TROISIE'ME POETE.
Ah Mademoiſelle, c'eſt plus qu'il ne faut.

ANGÉLIQUE.

Adieu Monſieur.

Qu'il ſoit heureux à chaque inſtant,
Et qu'il ne ſoit jamais content.

SCENE CINQUIE'ME.

PREMIER POETE. L'ACTEUR FRANÇOIS.
TRIVELIN.
DEUXIE'ME POETE.

PREMIER POETE à l'Acteur.

Hebien, Monſieur, n'êtes-vous pas charmé de ce que je vous ay lû de ma Tragedie?

L'ACTEUR.

J'en ſuis très content; j'en vais faire un recit avantageux à mes Camarades, & vous aurez bien-tôt de mes nouvelles. *Il s'en va.*

TRIVELIN.

Monſieur, vos deux pieces me paroiſſent aſſez jolies; nous les joüerons; mais je vous le repete encor, nous avons beſoin d'un Prologue.

DEUXIE'ME POETE.

Comme vous mettez tout en uſage, voyez prendre leçon à nos Apprentifs Poëtes; peut-être vous ſervirez-vous de cette idée pour un Prologue.

TRIVELIN.

Voyons.

DIVERTIS.

DIVERTISSEMENT,

La symphonie joüe.

LE PROFESSEUR *chante;*

Son Professor di Poëfia,
Della divina frenefia
Mon art infpire les tranfports
 I miei canti
 Sono incanti,
 I dotti, gl'ignoranti
Tout eft charmé de mes accords,

Infegno à far fonnetti,
 Concetti,
Epigrammes, Rondeaux,
 Comedié
 Tragedié,
Operas & Madrigaux.
Son Professor di Poefia, &c,

 Venite miei cari
 Scolari
A prender lezione
Dal dottor lanternone

Entrée vive d'Apprentifs Poëtes, qui viennent prendre leurs leçons.

LE PROFESSEUR,

Pour être Poëte à prefent,
Quel eft le talent neceffaire?

B

L'APPRENTIF.

Il faut être plaisant,
Quelquefois médisant
Et toujours plagiaire.

LE PROFESSEUR.

Non e questo,
Dite presto
Cio che bisogna far
Per ben versificar.

Chœur de Poëtes Apprentifs.

Rimas, rimas, rimas.

LE PROFESSEUR.

Bravi, bravi, bene, bene.

De qui faites-vous plus d'estime
de la raison ou de la rime ?

L'APPRENTIF.

La rime sans comparaison
Doit l'emporter sur la raison.

LE PROFESSEUR.

Pourquoy cette distinction ?

L'APPRENTIF.

C'est qu'on entend toujours la rime,
Et qu'on n'entend point la raison.

LE PROFESSEUR.

Bravo, bravo, bene, bene.

Pour faire une piece lyrique,
Autrement dit un Opera nouveau,
Que faut-il pour le rendre beau ?

L'APPRENTIF.

De mauvais vers, & de bonne Musique.

LE PROFESSEUR.

Bravo, bravo, bene, bene.

Dans une Tragédie, ouvrage d'importance,
Que faut-il pour toucher les cœurs?

L'APPRENTIF.

Un songe, une reconnoissance,
Un récit, & de bons Acteurs.

LE PROFESSEUR.

Bravo, bravo, bene, bene.

On entend une simphonie gaye.

LE PROFESSEUR.

Qu'annonce cette simphonie?
Quelle divinité vient embellir ces lieux?
La sagesse pour nous abandonne les cieux,
C'est Minerve.

SCENE DERNIERE.

La Folie accompagnée de ses Suivantes.

LA FOLIE.

C'Est la Folie,
Ingrats me méconnoissez-vous?
N'est-ce pas moy qui vous inspire,
Qui dans vos transports les plus fous
Ay soin de monter vôtre lyre:
Allons, allons subissez tous
Le joug de mon aimable empire,
Et que chacun à mes genoux
S'applaudisse de son délire.

Viva, viva la pazzia,
Là madre dell'allegria,
Souveraine de tous les cœurs,
Et la Minerve des Auteurs.

B ij

LE CHOEUR.

Viva, viva la pazzia,
La madre dell'allegria,
Souveraine de tous les cœurs;
Et la Minerve des Auteurs.

LA FOLIE.

Tout est soumis à ma puissance;
La robbe, la Finance,
Les Coquettes, les Courtisans,
Les Abbez, & les Partisans.

LE CHOEUR.

Viva, viva la pazzia,

LE PROFESSEUR.

Par vous le plus fidele amant
En un moment
Devient traître,
Vous formez le petit Maître;
Folle divinité c'est vous
Qui faites plaider les époux.

LA FOLIE.

Quittons ces retraites,
Allons à Paris,
C'est le sejour des jeux, des ris;
De la folie & des Poëtes.

LE PROFESSEUR.

Que chacun avec nous s'empresse
A celebrer notre Déesse,
Suivons partout ses pas,
Que la folie a d'appas.

LE CHOEUR.

Viva, viva la pazzia,
La madre dell'allegria,
Souveraine de tous les cœurs,
Et la Minerve des Auteurs.

Les Poëtes suivent la Folie en dansant.

FIN DU PROLOGUE.

L'ISLE
DU
DIVORCE,
COMEDIE.

ACTEURS.

LE CHEF DE L'ISLE.

VALERE.

ARLEQUIN *valet de Valere.*

SILVIA *premiere femme de Valere.*

COLOMBINE *premiere femme d'Arlequin.*

ORPHISE *seconde femme de Valere.*

LISETTE *seconde femme d'Arlequin.*

UN INSULAIRE.

Monsieur DROGUET *Marchand Drapier.*

Madame DROGUET *sa femme.*

FEMMES ET MARIS DE L'ISLE.

LE CHANTEUR.

La Scene est dans l'Isle du Divorce.

L'ISLE DU DIVORCE.

COMEDIE.

SCENE PREMIERE.

VALERE, ARLEQUIN.

Valere & Arlequin se promenent quelque temps
en soupirant, & en faisant des gestes de regrets.

VALERE.

AH! mon cher Arlequin, où sommes-nous?

ARLEQUIN.

Nous sommes dans l'Isle du divorce.

VALERE.

Je ne le sçais que trop, t'ennuïes-tu autant que moy?

ARLEQUIN.

Je crois que c'est à peu près la même chose.

VALERE.

Tu es donc bien malheureux.

ARLEQUIN.

Helas, je n'ay que ce que je merite.

VALERE.

Je ne puis attribuer mon malheur qu'à moy-même;
je l'ay souhaité.

B iiij

ARLEQUIN.

Je l'ay voulu.

VALERE.

Quoy mon cher Arlequin nos fujets de chagrin feroient-ils les mêmes?

ARLEQUIN.

Je n'en fçais rien; apprenez moy la caufe des vôtres.

VALERE *en foupirant.*

Ah! charmante Silvia!

ARLEQUIN *en foupirant.*

Ah! delicieufe Colombine!

VALERE.

Juftement.

ARLEQUIN.

Nous y voila.

VALERE.

Ay-je pû vous faire un fi fenfible outrage!

ARLEQUIN.

Ay-je pû te joüer un fi vilain tour!

VALERE.

Silvia, que je paye bien cher l'injure que je vous ay faite en me feparant de vous.

ARLEQUIN.

Maudite curiofité je ne t'ay pas plûtôt fatisfaite que le repentir a pris ta place.

VALERE.

N'eft-il pas honteux que j'aye pû lâchement profiter des loix de ce pays.

ARLEQUIN.

Ne fuis-je pas un grand coquin d'avoir époufé une feconde femme, fans avoir du moins enterré la premiere.

VALERE.

J'arrive dans cette Ifle par un naufrage, on me dit que je puis me démarier, & j'ay la foibleffe d'y former un engagement ; malgré toute la fidelité d'une épouse, dont je n'ay jamais eu occasion de me plaindre.

ARLEQUIN.

A peine suis-je debarqué, que l'on me propose le ragoût d'une seconde femme, la proposition me flate, cela est naturel, je l'épouse, je m'en dégoute, cela est encore très-naturel ; mais ce qu'il y a de plus extraordinaire, c'est que je redeviens amoureux de la premiere qui ne vaut pas mieux que la seconde.

VALERE.

Sexe charmant, nous vous accusons de caprice & vous n'en devez l'exemple qu'à nous-mêmes, tous vos défauts ne sont qu'une suite necessaire des notres ; mais que dis-je, Silvia plus constante, a-t'elle voulu briser sa chaîne, non, malgré mon infidelité elle me garde une foi que j'ay violée, & sa generosité va jusqu'à se refuser le plaisir de ta vangeance.

ARLEQUIN.

Et la mienne qui pouvoit se consoler de ma legereté, sans que j'eusse le mot à dire, a renoncé au droit de represailles, tandis que tant d'autres n'attendent pas qu'on leur donne des prétextes.

VALERE.

Cependant il leur étoit permis de prendre d'autres époux.

ARLEQUIN.

C'est peut-être pour cela qu'elles n'en ont rien fait.

VALERE.

Quel supplice ! je cherche tous les jours les occasions de la voir, & quand mon bonheur la presente à ma vûe, il est soudain troublé par les justes remords que ma perfidie excite dans mon ame.

ARLEQUIN.

Quelle torture ! quand je rencontre ma chere Colombine, j'oublie que je n'ay plus le privilege de badiner avec elle , je veux m'émanciper, mais l'inhumaine est aussi reservée avec moy, que si elle avoit envie de m'attraper une seconde fois.

VALERE.

Quelle différence d'Orphise à Silvia, l'une étourdie, petulente, inegale, ignore l'art de se captiver un cœur, son enjouëment perpetuel, sa folle vivacité ne lui permettent point de se livrer aux attentions qu'elle doit à un époux, Silvia au contraire toujours occupée de tout ce qui pouvoit flater mes vœux, sembloit n'avoir d'autre soin que celui de les prévenir, sa tendresse se ralentissoit-elle pour quelque instant, sa conversation brillante m'en dédomageoit, enfin je ne me suis jamais apperçû de son inegalité que par la douce alternative de son amour, & de son esprit.

ARLEQUIN.

Quelle différence de Lisette à Colombine, l'une acariatre, querelleuse, médisante, envieuse croit n'avoir un mari que pour être en droit de le faire enrager; Colombine, au contraire, par ses manieres douces & engageantes, me faisoit presque oublier qu'elle étoit ma femme, cessoit-elle de me dorloter, j'étois sûr que ce n'étoit que pour m'apprêter un repas friand, enfin je ne me suis jamais apperçû de son inegalité que par le doux mélange de ses caresses & de ses ragoûts.

VALERE.

C'en est fait, mon cher Arlequin, nous les avons perduës pour toujours.

ARLEQUIN.

N'y auroit-il pas moyen, Monsieur, de racommoder cela.

VALERE.

Et de quelle maniere?

A R L E Q U I N.

En les époufant encore pour une quinzaine de jours
là ; pour tâcher de nous en guerir tout-à-fait.

V A L E R E.

Et ne fçais-tu pas les loix du pays ? nous ne pouvons
efperer de nous réunir.

A R L E Q U I N.

Quelle diable de coutume ! elle me paroiffoit jolie
d'abord & prefentement elle m'afflige ; voyons, exa-
minons, eft-ce la faute de la foy, ou de l'homme ? ma
foy non, c'eft la nôtre : les hommes ont beau voyager
en quelques endroits qu'ils aillent, ils ne trouveront
jamais de loix qui puiffent s'accommoder avec leur inconftance naturelle.

V A L E R E.

Ah ! voicy nos femmes.

A R L E Q U I N.

Nos femmes, bon tant mieux... mais que vois-je
je me fuis trompé ; ce font ma foy nos veritables.

V A L E R E.

Comment ?

A R L E Q U I N.

Oüy celles qui font prefentement en charge.

S C E N E D E U X I E' M E.

ORPHISE, LISETTE, VALERE, ARLEQUIN.

V A L E R E *à Arlequin.*

R Egarde je te prie.. quel air diffipé ?

A R L E Q U I N *à Valere.*

Voyez de grace.. quel air mauffade !

ORPHISE.

Ah ! voilà mon ennuyeux époux.

LISETTE.

Ah ! j'apperçois mon fot de mary.

VALERE.

Il faut pourtant que je l'aborde.... que luy diray-je ?

ARLEQUIN.

Pour moy, j'ay tout dit.

ORPHISE.

Bon jour Arlequin.

LISETTE.

Monfieur Valere, je fuis votre fervante.

ARLEQUIN à Orphife.

Quelle heure eft-il Madame ? la vilaine journée !

VALERE.

Je te fuis bien obligé Lifette.

ORPHISE.

A propos Lifette, la fuivante de Dorimene n'eft-elle pas venuë hier de fa part m'inviter à dîner aujourd'huy chez elle ?

LISETTE.

Oüy vrayment, Madame ; vous avez promis & la compagnie compte fur vous.

ORPHISE.

Je me propofe de m'y défennüyer, ou plutôt de m'y bien divertir ; car Dorante en doit être.

VALERE tirant une Lettre de fa poche.

Imbecile, à quoy fonges-tu ? tu ne m'as pas fait reffouvenir de cette grande partie de chaffe, où je dois me trouver aujourd'huy.

ARLEQUIN.

Animal que je fuis, j'ay oublié que l'on m'attend au cabaret.

ORPHISE.

Mais il faut abfolument que je change de robbe.

VALERE.

Va donc préparer mon équipage de chasse.

LISETTE.

Je crois que Trivelin y sera.

ARLEQUIN.

Les coquins auront tout bû.

ORPHISE *à Lisette.*

Va donc vîte apréter ma toilette.

VALERE *à Arlequin.*

Fais seller mon cheval Turc.

LISETTE.

Il faut aussi que je m'ajuste, car il y sera sans doute.

ARLEQUIN.

Après tout, s'ils n'y sont plus, je boiray tout seul, & à la santé de Colombine encore.

VALERE.

La Chasse doit passer devant la maison de Silvia, si je pouvois la voir à sa fenêtre.

ORPHISE *à Lisette.*

Comment tu n'es pas encor partie? quelle noncha-lence! je feray mieux d'y aller moy-même, suis-moy.

Elles s'en vont.

SCENE TROISIE'ME

VALERE *qui ne s'apperçoit pas qu'Orphise est partie.*

Quel triomphe pour vous Silvia! l'idée de vos char-mes rend votre époux plus tendre & plus sensible que lorsqu'il n'étoit que votre amant; mais dois-je en être étonné, puisque j'en connois tout le prix.

ARLEQUIN *à part.*

Elles n'y sont plus, voyez si ma méchante femme m'a dit un seul mot; ah! si c'eût été Colombine j'aurois été regalé surement, d'un bon-jour mon cher petit mari.

VALERE *qui croit qu'Orphise lui parle.*

Ah ! Madame, épargnez-vous de pareilles douceurs; j'y suis si peu accoutumé.

ARLEQUIN.

Elle m'auroit dit amoureusement, comment te portes-tu mon poulet, mon mignon ?

VALERE.

Encore, ah ! Madame, finissez… quoy c'est toy, que dis-tu donc ?

ARLEQUIN.

Moy, Monsieur, je me fais des complimens de la part de Colombine…

VALERE.

Orphise est sortie.

ARLEQUIN.

Oüy Monsieur, & Lisette aussi.

VALERE.

Ah ! que sa presence me gênoit.

ARLEQUIN.

Paix, la voici qui revient, & par dessus le marché ma femme.

SCENE QUATRIÈME.

ORPHISE, LISETTE, *les susdits.*

ORPHISE.

JE suis partie, Monsieur Valere, sans faire attention à votre politesse, & je viens pour vous en rendre graces.

LISETTE.

Vous êtes fort galant Monsieur Arlequin, & vous recevez votre épouse à merveilles.

VALERE à *Orphise*.

Il me semble, Madame, que je pourrois vous faire les mêmes remercimens.

ARLEQUIN à *Lisette*.

Il ne tiendroit qu'à moy de vous témoigner aussi ma reconnoissance.

ORPHISE.

Voir arriver son épouse, sans daigner l'honnorer d'un seul regard.

VALERE

Vous ne vous en seriez pas apperçüe, Madame.

LISETTE.

Ne pas seulement donner le bon-jour à sa femme.

ARLEQUIN.

Je sçais que les manieres de qualité vous plaisent.

ORPHISE.

Je vois trop ce que cela m'annonce, Monsieur, vos mépris sont trop visibles.

VALERE.

Eh! Madame, de grace, cessez vos reproches, à quoy sert-il d'en faire à ceux qui nous interessent si peu; les femmes qui n'ont que de l'indifference pour leurs maris, ne devroient-elles pas renoncer à ce droit?

ARLEQUIN.

Eh! oüy Madame, on n'est point la dupe de ces affectations-là; on connoît assez les femmes: on en a tant épousées!

ORPHISE.

Mes reproches sont bien fondés, Monsieur, & vous me fournissez tous les jours de nouveaux sujets de plainte; je ne m'apperçois que trop de vos dégoûts.

VALERE.

Effectivement, Madame, je crois que vous y êtes fort sensible; ne vous servez point d'un prtéexte que vous êtes charmée de trouver pour me chercher querelle; vous devons déja nous connoître, & ſçavoir à quoy nous en tenir.

LISETTE.

Là belle acquiſition que j'ay faite, le vilain petit homme !

ARLEQUIN.

Où diable avois-je les yeux ! pouvois-je plus mal choiſir

ORPHISE.

Avouez-le franchement, Monſieur, vous ne m'aimez plus.

VALERE.

Convenez-en ; Madame, vous n'avez plus de goût pour moy ?

LISETTE.

Un brutal, un yvrogne.

ARLEQUIN.

Une pigrieche, une harpie.

ORPHISE.

A la fin, Monſieur, vos ſentimens me ſont connus.

VALERE.

Grace au Ciel, Madame, je n'ignore plus les vôtres.

LISETTE.

Un pareſſeux, un gourmand.

ARLEQUIN.

Une coquette, un diable coeffé.

ORPHISE.

Je me retire pour priver votre vûë d'un objet odieux.

VALERE.

Dites plutôt pour vous délivrer de ma preſence.

ORPHISE.

Il n'en faut pas demeurer là, Monſieur, & ſi nous pouvons trouver les moyens de nous deſunir pour jamais, n'en laiſſons pas échapper l'occaſion.

VALERE

VALERE.

Plût au Ciel qu'elle se presentât! mais nous ne serons pas assez heureux.

ORPHISE.

Pourquoy, Monsieur, s'il arrive quelque Vaisseau étranger....

VALERE.

Hébien Madame, s'il en arrive....

ORPHISE.

Ah! je vois bien que vous ignorez une partie des Coutumes du pays ; je ne vous en dis pas davantage... donnez-moy seulement votre parole.

VALERE.

Ah! de tout mon cœur.

ARLEQUIN.

Qu'entens-je, ma chere Lisette, aurions-nous encor quelque ressource & pourions-nous esperer une separation... Ah! que je t'aimerois!

LISETTE.

Cela n'est peut-être que trop éloigné, mais esperons toujours & haïssons-nous bien en attendant cet heureux moment ?

ARLEQUIN.

Oüy, ma poulette, détestons-nous.

ORPHISE à *Valere.*

J'attends l'effet de vos promesses adieu, Monsieur.

VALERE.

J'aspire au bonheur de m'en acquitter, adieu Madame.

LISETTE à *Arlequin.*

Adieu, faquin.

ARLEQUIN à *Lisette.*

Tirez, mégere.

Elles s'en vont.

C

SCENE CINQUIE'ME.
VALERE, ARLEQUIN.
ARLEQUIN.

Que le Ciel foit loüé, nous en voila débaraffés.

VALERE.

Enfin je refpire, que j'ay fouffert mon cher Arlequin!

ARLEQUIN

J'en juge par moy-même, mon cher Maître.

VALERE.

Ne conviendras-tu pas avec moy qu'Orphife eft infuportable;

ARLEQUIN.

Oh fans difficulté, cependant je vous avouë mon foible; je l'aimerois encore mieux que Lifette.

VALERE.

Que vois je, Arlequin, mes yeux me trompent-ils, n'eft ce pas Silvia que j'apperçois?

ARLEQUIN.

C'eft-elle même, Colombine la fuit.

VALERE.

Qu'elle eft belle!

ARLEQUIN.

Qu'elle a l'air fripon!

VALERE.

Ecartons-nous pour les entendre,

SCENE SIXIEME.

SILVIA, COLOMBINE, VALERE ET ARLEQUIN
à l'écart.

SILVIA.

Viens, ma chere Colombine, faire un tour de promenade & donnons, s'il est possible, quelque relâche à mes chagrins.

COLOMBINE.

Ma foy, Madame, nous menons une vie bien triste, je ne sçais si nous pourrons la continuer encore long-temps ; & pour deux veuves de nôtre âge, nous passons des momens bien ennuyeux.

SILVIA.

J'ay perdu mon époux, Colombine, il n'est plus de plaisir pour moy.

VALERE à *Arlequin.*

Entens-tu, Arlequin, il n'est plus de plaisir pour elle.

COLOMBINE.

Le mien m'à quittée de même ; à votre exemple j'ay voulu faire la femme forte, lui garder une fidelité éternelle, mais entre nous, Madame, une fidelité éternelle ; le terme est bien long.

ARLEQUIN à *Va'ere.*

Entendez-vous, Monsieur, le terme est bien long.

SILVIA.

Que ne pensoit-il comme moy, ce cruel époux ? la mort seule auroit brisé notre chaine.

VALERE.

Quels sentimens ! ah ! j'étois indigne de posseder une épouse si vertueuse.

COLOMBINE.

Je ne dis pas la même chofe, Madame, j'aurois bien mieux fait moy, de penfer comme Arlequin ; quelle folie de fe piquer de conftance dans un pays où le divorce eft permis ! mais point du tout, nous avons voulu nous diftinguer par une action héroïque, & faire voir que des femmes peuvent être fideles, que cela eft grand ! nous fommes peut-être les feules de notre fexe capables d'un pareil effort.

ARLEQUIN.

On dit qu'il n'y a qu'un phenix dans le monde, en voilà pourtant deux.

VALERE.

Abordons les... pardonnez mon indifcrétion, charmante Silvia, je devrois vous épargner le chagrin de me voir ; je fçais trop que ma prefence ne peut qu'irriter votre jufte colere contre un ingrat qui ne méritoit pas le bonheur dont il a joüi.

SILVIA.

Il n'étoit pas fans doute d'un grand prix, puifque vous y avez fi facilement renoncé.

VALERE.

Quelle douceur ! quel caractere charmant ! quoy Madame au lieu de m'accabler de reproches... mais que dis-je je ne les merite pas, fuis-je digne de votre courroux ? non Silvia, je me rends juftice, vous ne devez employer que le mépris, contre un perfide qui fe méprife luy-même.

SILVIA.

Que ce repentir me feroit doux, Valere ; fi j'étois en état d'en profiter ; mais à quoi bon le faire éclater à mes yeux ! quelle eft votre idée ? vous m'avez quittée inhumainement, voulez-vous pouffer la cruauté jufqu'à vous faire regretter ; ah ! laiffez-moy pleurer votre perte, elle me touche affez pour me fournir une fource intariffable de larmes ; n'allez pas jufqu'à me montrer un époux au defefpoir de m'avoir abandonnée, ma feule reffource n'eft que dans votre continuel oubli, & puifque nous fommes feparés pour jamais, je crains moins votre inconftance que votre repentir.

ARLEQUIN.

Colombine regarde moy donc, peut-être ma préfence te rappellera-t'elle quelques idées agreables.

COLOMBINE.

Non, non, tu leur a donné tout le temps de s'effacer

ARLEQUIN.

Cela ne s'efface point.

VALERE.

Quelle étrange fituation eft la mienne ! je vous vois & je n'ofe dire que je vous adore, ces yeux charmans où je lifois mon bonheur, font à préfent deux Juges inéxorables dont je ne dois point attendre de grace ; & quoique je fois penetré du plus violent amour, je fens que l'aveu que j'en ferois me rendroit encore plus coupable.

SILVIA.

Quoy vous m'aimez Valere, je croyois que les reproches que vous venez de vous faire, n'étoient fondés que fur votre probité ; mais je m'étois abufée, & je ne les dois qu'à votre humeur volage : il faut avoüer qu'il y a de grandes reffources pour nous dans le cœur des hommes.

ARLEQUIN.

Pour moy Colombine, je ne te diray pas d'où viennent mes regrets ; je ne crois pas que ce foit par probité, car je ne m'en pique point, tout ce que je fçais, c'eft que depuis notre feparation je te trouve embellie des trois quarts.

COLOMBINE.

Tu trouves cela, tant mieux, j'en fuis charmée ; & puifque tu connois à prefent tout ce que je vaus, tu en se... plus puni, & tu en sentiras mieux l'injure que tu as faite à mes appas.

VALERE.

Injuste Silvia est-ce être volage que de revenir à une si parfaite épouse, l'estime que je vous dois, vos charmes, mon infidelité même, enfin la possession d'une autre, tout vous assure que je dois vous adorer.

SILVIA.

Toutes ces raisons, Valere auroient dû vous épargner une perfidie : cruels que vous êtes, notre possession que vous désirés avec tant d'ardeur, ne doit servir qu'à redoubler vos feux, le seul moyen de vous rendre heureux & constants, est de vous attacher à nous par des nœuds éternels ; helas peut-être même croyez-vous ce que vous nous dites, hazardons-nous l'épreuve dangereuse de vos promesses, c'est nous mêmes qui nous lions de la chaîne qui devroit vous attacher ; l'ennuy, l'indifference succedent bientôt aux empressemens, aux assiduités, aux désirs ; un nouvel objet vous arrache aisément à celui qui vous étoit si cher, voilà les hommes, & nous par une facilité trop funeste à notre sexe, séduites par vos transports, nous n'avons pas la force d'y résister, nous vous écoutons, nous vous croyons, voilà les femmes.

COLOMBINE.

Entendez-vous, Monsieur Arlequin.

ARLEQUIN.

La peste, ta Maitresse connoit bien les deux sexes.

VALERE.

Silvia, il me sieroit mal de me justifier auprès de vous, il faut pour combler votre gloire & ma punition que je ne doive qu'à vos seules bontés, le pardon que je vous demande ; plaignez un malheureux qui ne reconnoît que trop la perte qu'il a faite ; & puisque vos sentimens & vos vertus vous mettent si fort au dessus de moy, songés que je dois tout attendre de votre generosité.

SILVIA.

Si je vous pardonnois, Valere, vous me feriez bientôt appercevoir qu'elle ne seroit que foiblesse.

ARLEQUIN. *à Colombine.*

Ah ! morbleu si j'avois autant d'esprit que mon maître, je te ferois le plus joli galimatias du monde.

COLOMBINE.

Dis plutôt, que si j'avois autant d'amour, que lui, je serois peut-être plus foible que ma maitresse.

SILVIA.

Vous voulez que je vous pardonne, Valere, & quand j'y serois disposée : songez-vous bien que vous n'êtes plus à moy, & que la bienséance condamne même jusqu'à l'entretien que nous avons ensemble.

COLOMBINE *à part.*

Elle s'avise un peu sur le tard d'y faire attention.

ARLEQUIN.

Colombine, charmante répudiée racommodons-nous

COLOMBINE.

Comment ? que nous nous racommodions, & sçais-tu bien à quoy tendroit ce racommodement là ?

ARLEQUIN.

A nous rebroüiller peut-être, mais n'importe.

VALERE.

Oüy Silvia, promettez-moi de ne vous point opposer à ma félicité ; si par un évenement favorable, l'himen peut encore reserrer des nœuds que la mort seule pourra rompre.

SILVIA.

Je vous reconnois, Valere, vous me teniez le même langage avant nôtre union, jugez de l'effet qu'il doit produire après votre changement.

VALERE.

Que dites-vous, Madame, & devez-vous craindre,

qu'après vous avoir perduë une fois , on puiffe encore s'expofer à un pareil malheur?

SILVIA.

Et quels font ces heureux évenemens , qui peuvent flater votre efpoir?

COLOMBINE.

Voyons un peu tes raifons.

VALERE.

L'arrivée d'un Vaiffeau. . . . .

ARLEQUIN.

La mort de ma femme. . . . .

SILVIA.

Hébien?

COLOMBINE.

Après.?

VALERE.

Orphife, puis-je prononcer fon nom fans rougir, m'a fait entrevoir que je pourrois me dégager de fes liens. . ah ! que je ferois heureux !

SILVIA.

Je le fuis plus que vous, Valere, helas que ne m'avez vous imitée, pourquoy faut-il que je doive à la bizarre-rie des Loix & au retour de votre tendreffe , l'efperance d'une union, dont votre amour feul devroit garantir la durée ! quelle fatisfaction pour moy de m'être confervé le droit de vous aimer fans remords ! non je ne puis plus diffimuler , je veux bien vous découvrir icy mes veritables fentimens ; fi le fort propice à mes vœux nous offre l'occafion de nous réunir , vous retrouverez en moy une époufe qui n'aura d'autres reproches à fe faire , que d'avoir trop aimé un infidele ; adieu Valere, je vous en ay trop dit, mais ce n'eft pas d'aujourd'huy que vous connoiffez mon cœur.

VALERE.

Ah! vous me charmez belle Silvia.

SILVIA.

Ne me fuivez pas, Valere, je rentre chez moy.

VALERE.

Je ne puis vous obéïr.

SILVIA.

Je vous le défends, fongez que nous fommes feparés; ne portez point d'atteinte à l'eftime qu'on a pour moy dans cette Ifle, & fur tout je ne veux point m'expofer à perdre celle d'un homme qui a été mon époux.

VALERE.

Allons-nous informer quelle peut-être cette reffource dont on m'a flaté, fuis-moy Arlequin.

SCENE SEPTIE'ME.

ARLEQUIN, COLOMBINE.

ARLEQUIN.

Ouy, ouï fuis-moy, j'ay bien autre chofe à faire;
à Colombine qui s'en va.

Arrêtez, barbare Colombine, ayez pitié d'un amour renaiffant, qui peut-être n'a pas encore long-temps à vivre.

COLOMBINE.

Laiffez-moi accompagner ma maîtreffe.

ARLEQUIN.

Non reftez, cher objet de mes défirs.

COLOMBINE.

Quel eft ton deffein?

ARLEQUIN.

De te repouffer, là... de faire un bis de mariage.

COLOMBINE.

Allons, allons, cela ne se peut pas, tu m'as quittée, notre divorce a été fait dans toutes les formes.

ARLEQUIN.

Quoi, rigoureue Colombine tu ne suivras pas l'exemple de ta Maîtresse?

COLOMBINE.

Elle est trop bonne; de quoy t'avisois-tu aussi de me changer?

ARLEQUIN.

C'est mon Maître qui m'a débauché.

COLOMBINE.

Tu te répens aujourd'huy de m'aavoir fait cet outrage?

ARLEQUIN.

J'en suis au desespoir, & si je puis te ratraper, je te garderay plus long-temps.... que je pourray, & je ne me déferay de toy qu'à la derniere extremité.

COLOMBINE.

Il ne tenoit qu'à moy de t'imiter.

ARLEQUIN.

Comment as-tu pû tenir bon? car assurement la femme est plus foible que l'homme.

COLOMBINE.

Tu vois pourtant le contraire.

ARLEQUIN.

Il faut donc que ce soit une gageure; mais finissons belle Colombine, donne-moy la même esperance dont Silvia vient de flater mon Maître.

COLOMBINE.

Ce n'est pas certainement faute d'occasion.

ARLEQUIN.

Je t'en prie.

COLOMBINE.

Il ne dépendoit que de moy d'accepter la main d'un jeune homme beau, bienfait.

ARLEQUIN.

Par charité.

COLOMBINE.

Et qui valoit cent fois mieux que ce petit magot-là.

ARLEQUIN.

Magot, l'épithete me paroît un peu hazardée.

COLOMBINE.

C'est trop le faire languir, il faut enfin me rendre à
ses empressemens.

ARLEQUIN *sautant de joïe*.

Ah! ma chere Colombine, quel bonheur! je m'étois
bien douté que cela en reviendroit là.

COLOMBINE.

Tu prens le change, ce n'est pas de toy que je parle; c'est de ce joli homme.

ARLEQUIN.

Que le diable l'emporte: quoy tu serois inexorable
jusqu'à ce point?

COLOMBINE.

Te voilà où je t'attendois; tu m'aimes, tu me re-
grettes, je ne me suis point vangée dans le temps que
tu étois prévenu pour une autre; ma vengeance eût été
perduë, mais c'est à present le veritable temps de te pu-
nir, puisque tu ne trouveras pour te consoler de ma
perte qu'une épouse que tu haïs; & qui te la rendra encor plus sensible.

ARLEQUIN.

Quel rafinement de méchanceté! quoy Colombine,
tu es absolument déterminée.

COLOMBINE.

C'en est fait, n'en parlons plus.

ARLEQUIN.

Qui auroit crû qu'une femme qui m'a appartenu me
donnât tant de peine!

COLOMBINE.

Ah ah mes petits Meſſieurs, vous croyez donc qu'il vous ſera permis impunément de donner tout à vos caprices de nous, accabler d'infidelitez les plus outrageantes, & qu'après cela vous nous retrouverés telles que vous nous avez laiſſées : non , non , il eſt juſte que vous ayez auſſi votre part de nos inquietudes , & de nos tourmens , pour vous faire ſentir combien il eſt difficile de les ſupporter.

ARLEQUIN.

Ah ! que nous ſommes ſots , quand nous avons tort avec ces coquines là ; après tout nous ne le ſommes gueres moins, quand nous y avons raiſon : Colombine ſi la vengeance t'eſt ſi douce ; fais attention qu'il y a près d'un quart d'heure que je me déſeſpere.

COLOMBINE.

Ah ah , Monſieur Arlequin , vous comptez les minutes : que ſeroit-ce donc ! ſi je comptois les jours & les nuits.

ARLEQUIN.

Il eſt vrai que ce ſeroit un calcul où tu ne trouverrois pas ton compte ; mais va, je te promets, ſi tu me pardonnes, que mes petits ſoins , mes complaiſances, & mes empreſſemens me raquitteront avec toy.

COLOMBINE.

Ton repentir eſt-il ſincere.

ARLEQUIN.

Veux-tu que je jure, tu n'as qu'à dire ; cela ne me coute rien.

COLOMBINE.

Allons, je veux bien te pardonner, mais à quoy tout cela nous menera-t'il ?

ARLEQUIN.

Peux-tu me le demander? à tout mignone & dès aujourd'huy, je rentre en ménage avec toy.

COLOMBINE.

Vous allez un peu trop vîte, Monfieur, nous ne nous reverrons que lorfque les loix nous le permettront.

ARLEQUIN.

Comment tu fais ces façons là, avec moy, avec ton mari?

COLOMBINE.

C'eft juftement à caufe de cela, votre eftime m'eft che-re, & je veux me la conferver.

ARLEQUIN.

Quoy tu fais la folle, comme ta Maîtreffe.

COLOMBINE.

Oüy, puifque j'ai commencé à l'imiter, & que vous vous en êtes fi bien trouvé, je prétens continuer; c'eft bien affez que l'on vous laiffe efperer; mais encore fur quel fondement crois-tu que nous pourrons nous rema-rier?

ARLEQUIN.

Je ne te le diray pas bien, on ne m'a pas encor ex-pliqué ce myftere, mais enfin attendons, tout du goût que nous avons l'un pour l'autre, cela me paroît fi ex-traordinaire que cela nous annonce quelque prodige... Mais que vient faire icy mon Maître avec le Chef de l'Ifle?

SCENE HUITIE'ME.

LE CHEF DE L'ISLE, VALERE, ARLEQUIN, COLOMBINE.

LE CHEF DE L'ISLE à *Valere*.

MAis vous n'y fongez pas, vous demandez à vous feparer de votre feconde femme; cela n'eft pas pof-fible.

VALERE.

Cependant, Orphise, vient de m'affurer que nous pourrions trouver le moyen de nous défunir.

ARLEQUIN.

Oüy, oüy, Monfieur, nous fçavons tout cela, & vous ne nous en donnerez point à garder.

LE CHEF.

Je vois ce qu'elle a voulu vous faire entendre; mais le bonheur où vous afpirés, eft encor bien éloigné; il faudroit pour donner lieu à un fecond divorce, que des étrangers arrivaffent dans cette Ifle, & qu'ils confentiffent à former d'autres engagemens, pour lors, non feulement vous, mais tous les époux du pays pourroient à leur exemple fe démarier; ce font là nos loix.

COLOMBINE à *Arlequin.*

Tu vois bien qu'il n'y a nulle apparence que nous puiffions nous rejoindre fitôt.

ARLEQUIN.

Mais, Monfieur, fuivant ce que vous nous dites là, votre Ifle doit être extrémement peuplée, & il arrive ici pour le moins dix ou douze vaiffeaux par jour.

LE CHEF.

Vous vous trompez, cette Ifle n'eft pas encore connuë, le hazard feul y fait aborder, & quand vous y êtes débarquez, il y avoit cinquante ans qu'il n'y en avoit paru.

ARLEQUIN.

Cinquante ans, cela eft fort confolant; Colombine as tu le temps d'attendre.

COLOMBINE.

Mais fi cela eft fi long, je n'en répons pas.

ARLEQUIN.

Je me mocque de vos coutumes, je ne fuis pas du païs, & par conféquent je ne dois point être fujet à vos loix.

LE CHEF.

On vous forcera bien de les suivre, vous les avez d'abord trouvées si douces.

ARLEQUIN.

C'est que je ne sçavois pas la clause des cinquante ans ; je ne connois que celle des six mois.

VALERE.

Mais, Monsieur, ne pourrions-nous pas quitter cette Isle ?

LE CHEF.

Vous en êtes les maîtres.

ARLEQUIN.

Vivat partons, emmenons avec nous Silvia & Colombine.

LE CHEF.

Non pas s'il vous plaît, il ne vous est permis de partir qu'avec celles que vous avez épousées ici , encor faut-il qu'elles y consentent.

ARLEQUIN.

Autre chicane, voilà ma foy de fort jolies loix.

SCENE NEUVIE'ME.

ORPHISE, LISETTE, LE CHEF, VALERE, ARLEQUIN.

ORPHISE.

Valere, je viens vous annoncer une heureuse nouvelle, un Vaisseau est entré dans le Port.

ARLEQUIN.

Un Vaisseau! qu'il soit le bien venu ! voyez un peu cet animal avec ses cinquante ans.

VALERE.

Qu'entens-je ! Colombine va t'en vîte en avertir ta maîtresse.

COLOMBINE.

J'y cours.

ARLEQUIN.

Reviens bien vîte au moins.

LE CHEF à *Orphise*.

Cet empreſſement me fait connoître que vous avez autant d'impatience que Valere de profiter de cette favorable occaſion.

ARLEQUIN.

Eſt-il bien vrai, ma chere Liſette, un Vaiſſeau vient d'arriver, tes yeux ne t'ont-ils point trompée ; eſt-il étranger ?

LISETTE.

Sans doute, il y a plus d'une heure que je ne le pers pas de vûë ; j'ay couru ſur le champ au Port pour m'en éclaircir, & j'y ai vû débarquer les étrangers.

ARLEQUIN *au Chef.*

Hebien, Monſieur, qu'en dites vous, nous nous démarierons pourtant, malgré vous, & vos impertinentes loix.

LE CHEF.

Cela n'eſt pas encore bien ſûr, il faut auparavant ſçavoir s'il y a des femmes dans le Vaiſſeau.

ARLEQUIN.

Ah ! voilà le diable, je n'avois point penſé à cet article là, c'eſt pourtant le plus neceſſaire.

LE CHEF.

Qui ſont ces étrangers ?

ORPHISE.

Ce ſont des gens de differentes nations, à ce que Liſette m'a dit,

ARLEQUIN.

Y a-t'il des femmes ?

LISETTE.

Il n'y en a que deux dans tout le Vaiſſeau.

ORPHISE.

ORPHISE.

Valere, tout fuccede à nos vœux.

VALERE.

Nos defirs font comblez, & nous allons enfin ceder à notre penchant.

ARLEQUIN.

Ma chere Lifette, que tu es aimable à prefent, tu as à la fin trouvé le fecret de me plaire.

LE CHEF.

Ne vous réjoüiffez pas tant, peut-être votre bonheur n'eft-il pas fi prochain que vous vous l'imaginez, fçavez vous fi ces femmes voudront quitter leurs maris.

ARLEQUIN.

Bon bon, vous vous mocquez ; parbleu nous joüierions de malheur, fi de deux femmes il n'y en avoit pas du moins une d'infidelle . . . . . de quel païs font-elles?

LISETTE.

Parifiennes.

ARLEQUIN.

Parifiennes. . . . . vous voyez bien mon amy que notre affaire eft faite.

LE CHEF.

Vous parlez bien pofitivement.

ARLEQUIN.

Oh je fçais ce que je dis ; vous êtes un ignorant, vous n'avez pas voyagé.

LE CHEF.

On va bientôt me les prefenter, c'eft devant moy qu'elles doivent paroître avec leurs époux ; vous apprendrez votre fort.

ARLEQUIN.

Notre fort eft tout décidé. . . . . quelle bête !

VALERE.

Je fuis agité d'une nouvelle inquietude, Arlequin, &

D

l'exemple de la fidelité de Silvia, me fait craindre d'en trouver encor une qui pense comme elle.

ARLEQUIN

Voilà justement ce qui s'appelle une terreur pannique, nous avons deux femmes fideles, cela ne se trouve pas si facilement, c'est tout ce que la nature peut produire.

SCENE DIXIE'ME.

Un Insulaire conduisant Monsieur Droguet, & Madame Droguet. Les susdits.

L'INSULAIRE au Chef.

SEigneur voici un mari & une femme nouvellement débarquez dans cette Isle, le mari est un bon Marchand Drapier de Paris.

LE CHEF.

Et l'autre femme ?

L'INSULAIRE.

C'est une veuve qui a été déja mariée quatre fois, & qui dit qu'elle n'en veut pas davantage.

ARLEQUIN.

Voilà une femme bien sobre.

MONSIEUR DROGUET.

Que venons-nous d'apprendre ma chere femme, où le sort nous a-t'il conduits ?

MADAME DROGUET.

On aura beau faire, mon cher mari, rien ne pourra me séparer de vous.

MONSIEUR DROGUET.

Les tourmens les plus cruels ne me forceroient pas à abandonner la moitié de moi même.

MADAME DROGUET.

Les supplices les plus affreux ne me feroient pas renoncer à mon cher époux.

MONSIEUR DROGUET.

Ma chere Javotte !

MADAME DROGUET.

Mon aimable Toinon !

MONSIEUR DROGUET.

Je n'en puis plus.

MADAME DROGUET.

Je me meurs.

ARLEQUIN.

Ces gens là ne se démarieront pas.

LE CHEF.

Consolez-vous mes chers enfants, si vous vous aimez
véritablement, les loix du païs ne vous obligent point
à briser votre chaîne, vous êtes dans l'Isle du Divorce
à la verité, mais il dépend de vous de ne vous point
conformer à nos coutumes ; elles ne sont établies que
pour ceux qui s'y soumettent volontairement.

MADAME DROGUET.

Oüy.

MONSIEUR DROGUET.

Ah ! bon !

LE CHEF.

Vous croïez peut-être que la nécessité de vous désunir
étoit une chose indispensable.

MONSIEUR DROGUET.

Je le craignois.

MADAME DROGUET.

J'avois peur qu'on ne nous y forçât.

LE CHEF.

Rassurez vous.

VALERE.

Je suis au desespoir.

ARLEQUIN.

J'enrage,

D ij

LISETTE.

Nous voilà bien avancez.

MADAME DROGUET.

Mais, Monfieur, votre païs eft donc mal nommé; car enfin l'Ifle du Divorce ne prefente à l'imagination que . . . . des liens rompus, des mariages caffez. . . .

MONSIEUR DROGUET.

Vraiment oüy, fans qu'il vous foit permis de vous piquer de conftance.

MADAME DROGUET.

Et que l'on vous y fépare malgré vous.

LE CHEF.

La tyrannie feroit trop grande, & nos loix font d'autant plus douces & plus juftes, qu'elles ne contraignent point les inclinations, & que vous n'en faites ufage qu'autant qu'elles vous flattent.

MONSIEUR DROGUET.

Je ne crois pas que jamais nous profitions de la commodité qu'elles nous offrent, n'eft-ce pas Madame Droguet?

MADAME DROGUET.

Je fuis de votre fentiment, Monfieur Droguet.

ARLEQUIN *à Valere.*

Monfieur Droguet, Madame Droguet; ce n'eft donc plus Javotte & Toinon, attendez, il n'y a rien de defefperé.

ORPHISE *à Monfieur Droguet.*

Songez-vous bien à ce que vous refufez Monfieur? pourriez-uous laiffer échapper l'occafion qui fe prefente? vous pouvez changer de femme, fans que l'on vous accufe d'inconftance, ni de mauvaife foy, fans qu'il vous en coûte même une Requête de féparation.

MONSIEUR DROGUET.

Il eft vrai que cela eft flateur, mais quand on aime autant que je le fais...

VALERE.

Penſez-y ſérieuſement , Madame, ne vous piquez point d'une fidelité que l'on croira même affectée, & que l'on ne peut raiſonnablement attribuer qu'à la force des préjugés , car enfin vous n'êtes conſtante que par vertu; n'eſt-il pas vray ?

MADAME DROGUET.

Oüy, par vertu, Monſieur, je m'en pique.

VALERE.

Et votre changement ne portant aucune atteinte à cette vertu, étant autoriſée par des loix, vous voyez bien que toutes vos craintes n'ont plus aucun fondement. MADAME DROGUET.

Mais Monſieur d'un autre côté ne dois-je point aimer mon mari ?

VALERE.

Non vraiment, puiſque ce n'eſt plus le devoir qui l'ordonne. ORPHISE.

Tenés, je ſuis ſûre que votre femme ſe met à la raiſon,

MONSIEUR DROGUET.

Ce ſeroit la premiere fois de ſa vie qu'elle l'auroit entenduë.

MADAME DROGUET.

Mais Monſieur, pourquoy me preſſer ſi fort de rompre mes nœuds ; ſeriez-vous à marier ?

ARLEQUIN.

Ahi, Ahi.

VALERE.

Je ſuis engagé à preſent, mais ſi vous en donniez l'exemple , je caſſerois ſur le champ mon mariage.

ORPHISE.

Allons donc déterminés-vous, ſi c'eſt la honte qui vous retient, je vous promets que vous n'aurez pas plutôt quitté votre femme, que je congedie mon mari.

MONSIEUR DROGUET.

Quoy Madame, vous pourrez diſpoſer de vous ?

ORPHISE.

Oüy, en faveur de qui je voudray.

MONSIEUR DROGUET.

Cette aimable personne seroit bien mon fait.

LE CHEF.

Depêchez-vous, le temps que vous avez à prendre une résolution expire; & toute l'Isle attend son sort.

MONSIEUR. DROGUET.

Comment toute l'Isle ?

VALERE.

Oüy vraiment, chacun aspire au bonheur de se démarier, & si vous ne les autorisez par votre divorce, les maris & les femmes seront obligez de rester ensemble.

ARLEQUIN.

Ah ! qu'ils pesteront contre vous !

ORPHISE.

Oüy vraiment, moy la premiere.

LISETTE.

Je vous secondray à merveille.

ARLEQUIN.

Moy, je pourray bien vous assommer.

MADAME DROGUET.

Le bonheur de tout le monde dépend donc de nous.

VALERE.

Oüy, Madame.

MONSIEUR DROGUET.

Je n'ay plus rien à dire.

MADAME DROGUET.

Il faut se sacrifier pour le bien public.

MONSIEUR DROGUET.

Ce sera avec un regret sensible.

MADAME DROGUET.

Je succomberay sans doutte à ma douleur.

MONSIEUR DROGUET.

Mais si ma femme y consent.

MADAME DROGUET.

Ah! Monfieur, je fuis faite pour vous obéir.

MONSIEUR DROGUET.

Trifte féparation!

MADAME DROGUET.

Cruel divorce!

MONSIEUR DROGUET.

Il faut donc s'y refoudre.

MADAME DROGUET.

Faifons cet effort.

MONSIEUR DROGUET.

Adieu Javotte.

MADAME DROGUET.

Adieu Toinon.

LE CHEF.

Vous voilà maintenant féparés dans toutes les formes il vous eft permis de vous remarier à qui bon vous femblera.

MADAME DROGUET *montrant Valere.*

Il n'y a que Monfieur, qui puiffe me dédommager de la perte que j'ay faite.

MONSIEUR DROGUET *montrant Orphife.*

Madame feule, peut adoucir mon infortune.

VALERE *voyant arriver Silvia.*

Ah! je vois ma chere Silvia ; venez Madame, je fuis à vous pour toute ma vie.

SCENE DERNIERE.

SILVIA, COLOMBINE, LES SUSDITS,

ARLEQUIN embrassant Colombine.

MA chere Colombine, c'est pour le coup que je vais rentrer dans tous mes droits.

SILVIA.

Je vous reçois encor pour mon époux, Valere, mais quittons vîte ce païs, je craindrois trop l'arrivée de quelqu'autre Vaisseau étranger.

COLOMBINE à Arlequin.

Je te reprens, mais si tu m'abandonnes une seconde fois, tu n'en seras pas quitte à si bon marché.

MADAME DROGUET à Valere.

Qu'est-ce-à-dire, Monsieur, ce n'est donc pas moy que vous épousez ?

VALERE.

Non vraiment.

MADAME DROGUET.

Petit perfide.

VALERE.

Madame, je ne vous ay rien promis.

MADAME DROGUET.

Et ce n'est que sur cette esperance que je me suis défaite de mon mari.

MONSIEUR DROGUET.

Comment ce n'étoit donc pas le bien public qui vous déterminoit, oh ! pour moy vous trouverez bon s'il vous plaît que je me donne à Madame.

ORPHISE.

A moy, Monsieur, vous n'y pensez pas, j'ay fait un plus beaux choix, & je vais de ce pas offrir à Doran-

te, une main qu'il attend avec impatience ; adieu Valere.

VALERE.

Adieu , Madame , je vous souhaite une satisfaction
égale à la mienne.

LISETTE.

Adieu , Arlequin , je vais épouser Trivelin , & changer de nom.

ARLEQUIN.

Puisses-tu changer d'humeur , pour le repos de ce
miserable.

MADAME DROGUET *au Chef.*

Qu'allons-nous donc devenir Monsieur ?

LE CHEF.

Il ne tient qu'à vous de vous reprendre , mais cela
vous sera compté pour un divorce.

MADAME DROGUET.

Cela étant, je n'en feray rien.

MONSIEUR DROGUET.

Ny moy non plus, j'aime mieux attendre.

MADAME DROGUET.

Puisque nous sommes dans l'Isle du divorce, il faut
suivre les loix du païs.

MONSIEUR DROGUET.

Sans difficulté, nous n'y sommes pas venus pour les
abolir.

LE CHEF.

Vous faites bien, attendez quelque heureuse occasion : mais voici les maris & les femmes de l'Isle qui
viennent se rejoüir du bonheur que votre désunion leur
a procuré.

DIVERTISSEMENT.

Marche dansante des Maris & des Femmes
de l'Isle.

UN MARI ET UNE FEMME.

Separons - nous,
Faisons divorce,
Profitons tous
D'un usage si doux.

LA FEMME.

Quand l'himen dure trop, l'amour n'a plus de force,

A deux.

Separons nous,
Faisons divorce,
Profitons tous
D'un usage si doux.

LE MARI.

La loy le permet aux époux
Et notre penchant nous y force.

A deux.
Separons - nous, &c.

Mr. THEVENEAU.

A la pente qui nous entraîne
Livrons nos cœurs, remplissons nos desirs,
Quand nous formons une nouvelle chaîne
Nous goutons de nouveaux plaisirs.

A deux.
Separons-nous, &c.

Entrée de maris & de femmes qui se séparent en dansant, & se joignent à d'autres.

Mr. THEVENEAU.

Ici le divorce est permis,
Que cette méthode est facile!
Si les François étoient instruits
De l'usage établi dans cet heureux azile,
Combien en verroit-on sortir de leur pays
Pour venir habiter cette Isle.

Danse caracterisée de maris & de femmes, qui caracterisent le divorce,

AIR.

UNE FEMME.

Lorsque l'himen nous ennuie
Nous pouvons nous dégager
Et contenter notre envie
Par le plaisir de changer :
Ah ! le charmant avantage!
Est-il un plaisir plus doux
Que de perdre son époux
Sans attendre le veuvage!

VAUDEVILLE.

Femme suivant notre méthode,
Sans Factum, Mémoire & Placets,
Sitôt qu'un époux l'incommode
Sçait s'en défaire à peu de frais,
Et ce n'est point ici la mode,
De luy faire un mauvais procès.

En est-il qui ne s'accommode
Des loix de notre bon pays?
Il n'est rien de si commode,
Les femmes changent de maris;
Ah! quel plaisir si cette mode
Pouvoir s'établir dans Paris.

Une naturelle inconstance
M'avoit fait briser mon lien,
Mais on trahit mon esperance,
Helas je le merite bien;
Reprenons notre époux de France,
Car il vaut encor mieux que rien.

Heureuse & tranquille en ménage,
A mon époux j'avois promis
De garder la foy qui m'engage,
Mais le changement est permis,
Et je n'ay point eu le courage
D'enfraindre la loy du pays.

Je suis plus leger qu'une plume,
Quand une Piece réussit,
Toute mon ardeur se rallume
Lorsque le Partere aplaudit,
N'oubliez pas une coutume
Qui nous fait honneur, & profit.

F I N.

LA
SYLPHIDE,
COMEDIE.

ACTEURS.

LA SYLPHIDE.

LA GNOMIDE.

ERASTE.

ARLEQUIN, Valet d'Eraste.

DEUX CREANCIERS.

UN SERGENT.

UN PROCUREUR.

UN SYLPHE chantant.

UNE SYLPHIDE chantante.

SYLPHES ET SYLPHIDES dansans.

La Scene est dans l'appartement d'Eraste.

LA SYLPHIDE.
COMEDIE.

SCENE PREMIERE.

Le Théâtre represente la chambre d'Erafte.

LA SILPHIDE.   LA GNOMIDE.

La Sylphide & la Gnomide en entrant dans la Chambre d'Erafte, pofent deux corbeilles fur une table, dont l'une eft remplie de fleurs, & l'autre de truffes.

LA GNOMIDE.

QUE vois-je? une Sylphide dans cette chambre; que venez-vous faire ici, Madame?

LA SYLPHIDE.

Votre curiofité pourroit vous coûter cher, eft-ce à vous à me faire des queftions?

LA GNOMIDE.

Oüy, Madame, il eft de certaines conjonctures où l'on ne reconnoît plus de fubordination, les égards que je vous dois ont des limites; je vous trouve dans la chambre d'Erafte, vous êtes fans doute amoureufe, & je fuis peut-être votre rivale.

LA SYLPHIDE.

Une pareille concurrente me feroit bien-tôt apercevoir de la baffeffe de mon choix.

LA GNOMIDE.

Quel orgüeil! fongez que je fuis comme vous une effence toute fpirituelle, que les Gnomes ne le cedent pas de beaucoup aux Sylphes, & que fi vous êtes un efprit aërien, j'en fuis un terreftre.

LA SYLPHIDE.

Que vous tenez bien d'un élement qui vous approche fi fort des hommes.

LA GNOMIDE.

Il me paroît que vous ne vous en éloignez pas trop.

LA SYLPHIDE.

Il eft vrai qu'un mortel m'attire ici.

LA GNOMIDE.

Ne l'ai-je pas dit ? il eft aparament aimable, bien fait.

LA SYLPHIDE.

Il eft plus que tout cela, il me plaît.

LA GNOMIDE.

Et vous aime-t'il ?

LA SYLPHIDE.

Je n'en fçais rien.

LA GNOMIDE.

Oh pour le coup c'en eft trop, je ne puis plus refifter à mon impatience, expliquez-vous, Madame ; eft-cé dans cette maifon que vous aimez ?

LA SYLPHIDE.

Oüy.

LA GNOMIDE.

Mais je n'y vois qu'un objet aimable, & c'eft. . . . .

LA SYLPHIDE.

Erafte n'eft-ce pas ?

LA GNOMIDE.

Mais fon Valet Arlequin. . . .

LA SYLPHIDE *en riant.*

Ah ah ah ah.

LA

LA GNOMIDE.

Dequoy riez-vous?

LA SYLPHIDE.

Je sçavois bien qu'il n'étoit pas possible que nous fussions rivales.

LA GNOMIDE.

Que voulez-vous dire?

LA SYLPHIDE.

Rassurez-vous Gnomide, je ne vous enleverai point votre illustre amant.

LA GNOMIDE.

Vous le méprisez, je le vois bien, parce qu'il n'est que Valet; la condition détermine-t'elle des esprits comme nous? laissons aux hommes ces foibles préjugez, nous ne sommes point sujets comme eux aux caprices de la fortune, l'interest ne nous force point comme eux à encenser des objets méprisables, ne courrons donc qu'où le vrai merite nous appelle.

LA SYLPHIDE.

On ne peut pas mieux, si le vray mérite dont vous parlez pouvoit se trouver dans un amant comme le vôtre, je ne blâmerois point votre choix, mais comme il est ordinairement le partage d'une illustre origine, qui ne se perfectionne que par l'éducation, & que la noblesse du sang la conservé jusqu'ici d'âge en âge, vous me promettrez Gnomide de ne point aprouver votre tendresse.

LA GNOMIDE.

Vous parlez en Sylphide, allez, allez, Arlequin est une exception de son espece, & ce n'est pas le premier Valet qui. . . . .

LA SYLPHIDE.

Qui auroit fait fortune. . . . je le sçais.

LA GNOMIDE.

Ce n'est point cela que je veux dire, qui auroit merité de la faire; mais laissons cela, tout ce que vous m'avez

E

dit ne m'offense point, puisque vous n'êtes pas ma rivale; j'aime mieux que vous méprisiez mon amant, que si vous me le disputiez; c'est donc son Maître Eraste que vous aimez? & par quelle avanture, ce fortuné mortel compte-t'il un esprit aërien au nombre de ses conquêtes?

LA SYLPHIDE.

Par une vanité dont je merite bien d'être punie.

LA GNOMIDE.

Comment donc?

LA SYLPHIDE.

J'étois avec deux Sylphides de mes amies, nous nous entretenions des femmes, & de la différence de leur espece à la nôtre; si ces mortelles, disions-nous, sçavoient combien nous sommes au dessus d'elles, que leur orgüeil seroit humilié! il faut qu'un de ces jours nous fassions une partie de nous rendre visibles, & de nous promener dans quelque jardin public; he nous voilà sur les Thuilleries, répondit une de mes compagnes, ce jardin, comme vous voyez, est orné d'aimables Dames, mélons nous avec elles dans cette promenade, quoy sans rouge & sans mouches, repliqua l'autre; il seroit beau, repartis-je, que nous ajoutassions quelque chose à notre éclat naturel, montrons-nous telles que nous sommes: nous parûmes, les Dames pâlirent, les Cavaliers admirerent, & nous nous mîmes à rire comme trois folles.

LA GNOMIDE.

Peut-on joüer un pareil tour à de pauvres mortelles! tout franc il tient plus de la belle femme coquette, que de la Sylphide.

LA SYLPHIDE.

Nous fûmes bien-tôt entourées d'un cercle d'admirateurs, que de differens personnages nous réjoüirent en ce moment! les uns nous lancerent des regards passionnez, d'autres remplis de la bonne opinion d'eux-mêmes

fe promenoient devant nous avec un air indifferent, fe
parloient à l'oreille, & rioient nonchalamment, comme
s'ils avoient dit les plus belles chofes du monde; celui-
ci pour trancher de l'homme à bonne fortune baiffoit
mifterieufement les yeux, comme pour dérober au public
notre fecrette intelligence; celui-là pour paroître plus
aimable chantoit, danfoit, gefticuloit, prenoit du tabac,
tiroit fa montre, lifoit une lettre, & faifoit enfin toutes
les folies d'un petit Maître prévenu en fa faveur.

LA GNOMIDE.

Ce fpectacle étoit des plus amufans.

LA SYLPHIDE.

Parmi cette foule de curieux & d'extravagants, Erafte
me parut charmant; je ne fixai mes regards que fur luy,
& je refolûs dès le même inftant de faire fon bonheur:
je le vois tous les jours, fans en être vûë, je fçais qu'une
de nous trois, luy a infpiré une paffion violente; mais
je n'ofe encor me découvrir à luy, dans la crainte où je
fuis, de n'être point l'objet de fa nouvelle flâme.

LA GNOMIDE.

Vos craintes font injuftes, & vous faites injure à vos
charmes, lorfque vous doutés de leur pouvoir; pour
moy, je ne me fuis point montrée à mon amant, l'é-
clat de mes appas ne l'a point encor éblouï, je l'ay vû
pour la premiere fois dans une cave profonde, où il a foin
de fe rendre très affiduëment; c'eft là qu'il a triomphé de
ma liberté: ah! Madame, fi vous aviez vû comme moy
avec quelle fermeté, quelle conftance, il vuidoit les bou-
teilles de vin qu'il avoit remplies, vous n'auriez pû luy
refufer votre cœur, il s'enyvroit avec tant de grace, qu'il
auroit charmé la plus infenfible : mais j'entends quelqu'un.

LA SYLPHIDE.

C'eft Erafte & Arlequin qui viennent icy... écoutons
leurs difcours.

SCENE DEUXIE'ME

ERASTE, ARLEQUIN, LA SYLPHIDE,
LA GNOMIDE *fans être vûës.*

ERASTE *en entrant, apperçoit une corbeille fur fa table.*

QUa-t'on mis fur ma table... c'eft une corbeille...
elle eft à mon adreffe, qui me l'envoye?

ARLEQUIN.

Je n'en fçais rien, Monfieur.

ERASTE.

Mais, de qui l'as-tu reçûë?

ARLEQUIN.

Perfonne ne m'a rien donné pour vous.

ERASTE *découvrant la corbeille.*

Elle eft remplie de fleurs.

ARLEQUIN.

Il vaudroit mieux qu'elle fut pleine d'argent, cela fer-
viroit à merveille à racommoder vos affaires, qui entre
nous font furieufement dérangées.

ERASTE.

Tu es bien difcret; pourquoy m'en faire un myftere?
tu es fans doute d'intelligence avec la perfonne qui me
fait ce prefent?

ARLEQUIN.

Pour qui me prenez-vous, s'il vous plaît?.. mais
attendez, en voici encore une autre... lifez l'adreffe.

ERASTE *lit.*

A Monfieur Arlequin.

ARLEQUIN.

Voyons un peu ce que renferme cette corbeille...
Qu'eft-ce que c'eft que cela?

ERASTE.

Ce font des truffes.

ARLEQUIN.

Des truffes,.. cela échauffe trop, je n'en veux point.

ERASTE.

Tu ne veux donc pas me dire qui t'a donné ces fleurs ?

ARLEQUIN.

Vous ne voulez donc pas m'apprendre à qui j'ay l'obligation de ces truffes ?

ERASTE.

Quelle demande me fais-tu là ?

ARLEQUIN.

Ah ! je vois ce que c'eft ; ces fleurs viennent fans doute de Clarice, votre époufe future, & comme elle n'ignore pas que j'ay tout pouvoir fur votre efprit, elle veut m'engager par ce prefent à vous déterminer à la nôce.

ERASTE.

Ne me parle plus de Clarice.

ARLEQUIN.

Que je ne vous en parle plus : avez-vous oublié que fon mariage peut feul vous mettre à couvert des pourfuites de vos créanciers, & des miens ? vous fçavez bien que vous n'êtes riche qu'en efperances, votre Oncle eft à la verité entre les mains d'une demie douzaine de Medecins, mais comme ces Meſſieurs là ne font jamais de la même opinion, ils ne font point d'accord fur les remedes, le malade n'en prend point, & par confequent il peut encor aller loin.

ERASTE.

Toutes tes raifons font inutiles, une paſſion violente s'eft emparée de mon cœur, & rien ne peut l'en arracher.

ARLEQUIN.

Oh ! parbleu, Monfieur, vous ayez donné votre parole, je l'ay promis auffi, & vous l'épouferez vous, ou moy.

LA SYLPHIDE *fans être vûë*.

Tais-toy, infolent.

ARLEQUIN.

Infolent!... en verité, Monfieur, vous vous oubliez.

ERASTE.

Il eft vray, mon cher Arlequin, mais le mal eft fans remede ; je t'avoüeray même que j'aime fans efperance.

ARLEQUIN.

Et qui aimez-vous ?

ERASTE.

La plus adorable perfonne du monde, que j'ay vûë ces jours paffés aux Thuilleries.

ARLEQUIN.

La connoiffez-vous ?

ERASTE.

Non.

ARLEQUIN.

C'eft fans doute quelque coquette ?

LA SYLPHIDE *fans être vûë*.

Maraut, je te feray expirer fous le bâton.

ARLEQUIN à *Erafte*.

Finiffez donc s'il vous plaît, cela paffe la raillerie.

ERASTE *en embraffant Arlequin*.

Ah ! mon cher Arlequin, ceffe de combattre un amour dont je ne puis plus triompher.

ARLEQUIN.

Oh ! dame Monfieur, accordez-vous donc avec vous-même ; vous me traitez de maraut, de coquin, vous me menacez de coups de bâton, & puis vous m'embraf-fez : il n'y a pas le fens commun à tout cela.

ERASTE.

Que veux-tu dire ?

ARLEQUIN.

Tout franc, cet amour là vous est venu fort mal à propos, il vous fera perdre votre fortune ; que diable ! vous autres jeunes gens, vous êtes bien prompts à vous enflamer, je ne suis pas de même moy, & je verrois avec indifference, la plus jolie femme du monde à mes genoux.

LA GNOMIDE *lui donne des croquignolles.*

ARLEQUIN.

Ai, ai.

ERASTE.

Qu'as-tu donc ?

ARLEQUIN.

Avez-vous perdu l'esprit ?

ERASTE.

Je t'avoüe que je ne suis plus à moy-même.

ARLEQUIN.

Je m'en apperçois assez.

LA GNOMIDE *caressant Arlequin.*

Que tu es aimable !

ARLEQUIN *à Eraste.*

Que vous êtes badin !

ERASTE.

Je cours inutilement toutes les promenades, je ne la trouve plus.

ARLEQUIN.

Tant mieux.

ERASTE.

Pourquoy vous êtes vous fait voir, inhumaine, ou pourquoy vous cachez-vous maintenant ?

ARLEQUIN.

Cette Dame, est donc bien belle.

ERASTE.

Plus que je ne puis l'exprimer, elle se promenoit avec deux de ses amies, dont les charmes auroient at-

E iiij

tiré tous les regards, si la beauté de celle que j'adore;
ne les eût entierement effacés.

LA SYLPHIDE *invisible.*

Erafte, ce n'eft peut-être pas moy que vous aimez?

ERASTE *à Arlequin.*

Toy, non vraiment.... es-tu devenu fol?

ARLEQUIN.

L'amour vous fait extravaguer, mon cher Maître,
vous ne fçavez plus ce que vous dites?

LA GNOMIDE *fans être vûë à Arlequin.*

Tu m'aimeras malgré toy, je t'en répons.

ARLEQUIN *en riant.*

Courage.... continuez.... mais nous fommes
perdus.... j'apperçois deux de vos Creanciers.... la
vilaine vifion.

SCENE TROISIE'ME

DEUX CREANCIERS. ERASTE. ARLEQUIN.

PREMIER CREANCIER.

QUel bonheur, Monfieur de vous trouver chez vous!

ARLEQUIN.

Quel malheur de vous y voir!

PREMIER CREANCIER.

Je viens fçavoir quand vous voulez finir avec moy.

ERASTE.

Mais je ne fçais.

DEUXIE'ME CREANCIER.

Quand ferez-vous d'humeur de me fatisfaire, Monfieur
Erafte?

ERASTE.

Oh vous m'ennuïez, je n'aime point les queftions.

ARLEQUIN

Mais Meſſieurs, vous êtes bien curieux pour des Creanciers.

PREMIER CREANCIER.

La réponſe eſt un peu cavaliere ; eſt-ce ainſi que vous devez en uſer avec des perſonnes qui vous ont obligé ?

DEUXIE'ME CREANCIER.

Je ſuis las d'attendre, & je vous declare pour la derniere fois que je vais prendre de juſtes meſures pour vous faire payer.

ARLEQUIN.

Oh ! parbleu je t'en défie.

PREMIER CREANCIER.

Vous m'amuſez depuis long-temps par de vaines promeſſes, mais je ne ſeray plus votre duppe, & dans peu vous aurez de mes nouvelles.

ERASTE.

Doucement, s'il vous plaît, il me ſemble que vous parlez d'un ton bien haut.

ARLEQUIN.

Effectivement vous êtes un peu inſolens mes petits Meſſieurs, venir demander de l'argent à mon Maître, eſt-ce là ſçavoir vivre ; que ces gens-là ont été mal élevez !

ERASTE.

Ne diroit-on pas que je vous dois une ſomme bien conſiderable.

PREMIER CREANCIER.

Comment donc, Monſieur, n'eſt-ce rien que mille écus ?

ARLEQUIN.

Cela ne fait que trois mille livres.

DEUXIE'ME CREANCIER.

C'eſt donc une bagatelle à votre compte que cent Loüis qui me ſont encor dûs.

ARLEQUIN.

Vous voila bien malades, mon maître me doit bien
mes gages à moy.

PREMIER CREANCIER.

Votre Mémoire est arrêté, le voici, votre billet est
au bas, vous entendrez bien-tôt parler de moy.

DEUXIE'ME CREANCIER.

Je vais de ce pas me pourvoir en Justice.

ERASTE.

Que m'importe.

ARLEQUIN.

Qu'est-ce que cela nous fait.

PREMIER CREANCIER.

Ce mariage avantageux qui devoit acquitter vos dettes,
ne se finit point.

DEUXIE'ME CREANCIER.

On dit même dans le monde que vous voulez manquer
de parole à Monsieur Oronte.

ERASTE.

Dequoy vous embarrassez-vous?

ARLEQUIN.

Sont-ce la vos affaires? nous nous marierons si nous
en avons envie; êtes vous nos tuteurs?

PREMIER CREANCIER.

Adieu, Monsieur, vous nous recevez si bien que nous
ne nous exposerons plus à un pareil accueil.

ERASTE.

A la bonne heure.

ARLEQUIN.

Soit.

DEUXIE'ME CREANCIER.

Oüy, Monsieur, nous nous expliquerons par écrit.

ARLEQUIN.

Cela est inutile, nous ne sçavons pas lire la chicanne.

ERASTE.

Faites ce que vous voudrez.

*La Sylphide & la Gnomide donnent à chaque
Creancier une bourse de Loüis d'or.*

ARLEQUIN *leurs voyant à chacun une bourse,
dans le temps qu'ils comptent, dit :*

Comment, est-ce que vous voulez nous prêter encor
de l'argent ?

PREMIER CREANCIER *après avoir compté.*

Vous vous êtes mécompté, ces quatre Loüis sont de
trop ; je suis honnête homme, je vous les rends.

ERASTE.

Que faites-vous, Monsieur ?

PREMIER CREANCIER.

Voilà votre Mémoire & le billet tout ensemble.

DEUXIE'ME CREANCIER, *après avoir compté.*

Cela est juste, les cent Loüis y sont, excusez, Monsieur ma vivacité.

DEUXIE'ME CREANCIER *faisant des reverences.*

Oubliez de grace ce qui s'est passé, toute ma bouti-
que est à votre service.

ARLEQUIN *à Eraste.*

Où avez-vous donc pris de l'argent ?

ERASTE.

Moy, je ne leur ay rien donné.

ARLEQUIN.

Ils sont donc devenus fous, où le diable a payé vos
dettes.

ERASTE.

Tu me vois dans un étonnement dont je ne puis
revenir.

ARLEQUIN.

Ma foy je n'y comprens rien. . . . . . mais à qui en
veulent ces gens-cy ?

SCENE QUATRIÈME.

UN PROCUREUR, UN SERGENT, ERASTE,
ARLEQUIN.

LE PROCUREUR.

JE ne sçais, Monsieur, si j'ay l'honneur d'être connu
de vous ?

ERASTE.

Je n'ay point cet avantage, je ne sçais qui vous êtes.

ARLEQUIN.

Il n'est pourtant pas difficile de le deviner. . . . ah !
que vous sentez le Procureur.

LE PROCUREUR.

Je le suis en effet.

ARLEQUIN.

Male-peste quel fumet !

ERASTE.

Hebien Monsieur, que souhaittez-vous de moy ?

LE PROCUREUR.

Monsieur Oronte m'a chargé de vous voir, & de
vous demander les raisons qui peuvent retarder votre
mariage avec Mademoiselle Clarice sa fille, je suis depuis
long-temps son Procureur, & si vous ne finissez incessam-
ment cette affaire, j'aurai l'honneur de vous poursuivre
en Justice.

ARLEQUIN.

On ne peut rien de plus obligeant . . . . & vous,
Monsieur, à qui en voulez-vous ?

LE SERGENT.

A vous-même Monsieur Arlequin, je suis porteur
d'un petit exploit qui s'adresse à vous.

ARLEQUIN.

Un Procureur & un Sergent, il ne manque plus qu'un Greffier.

LE SERGENT.

Je viens de la part du Sieur Gregoire Ripopée, Marchand de Vin établi aux Porcherons.

ARLEQUIN.

Ah ah je le connois. . . . qu'y a-t'il pour son service ?

LE SERGENT.

Il vous prie très-humblement d'avoir la bonté de comparoître d'huy à huitaine au Châtelet de Paris.

ARLEQUIN.

Il me fait bien de l'honneur, mais je n'auray pas le temps, je suis si occupé. . . .

LE PROCUREUR

Dans quelle resolution êtes-vous Monsieur Eraste, il faut s'il vous plaît vous expliquer.

ERASTE.

Et mais Monsieur le Procureur que me conseillez-vous ?

LE PROCUREUR.

D'épouser au plûtôt, c'est le meilleur parti que vous puissiez prendre.

ERASTE.

Et moy je ne suis point de votre avis, j'ay fait depuis peu des refléxions, & je ne me sens point disposé à former sitôt un engagement.

LE PROCUREUR.

Cela étant, Monsieur, nous irons notre train, nous plaiderons. Vous sçavez que votre oncle a des obligations essentielles au pere de Clarice.

ERASTE.

Oüy.

LE PROCUREUR.

Qu'il ne vous laisse son bien qu'à condition que vous épouserez la dite Clarice.

ERASTE.

Soit,

LE PROCUREUR.

Et que se défiant de votre parole, on vous a fait signer un dédit de vingt mille écus.

ERASTE.

Je sçais tout cela.

LE SERGENT *à Arlequin.*

Vous n'ignorez pas que la somme dont vous êtes debiteur est de deux cens dix livres trois sols quatre deniers.

ARLEQUIN.

Je ne sçais point cela, quand je bois je ne m'amuse point à compter.

LE SERGENT.

La dette est réelle, & vous ne pouvez la nier.

ARLEQUIN.

Que me conseillez vous Monsieur le Sergent?

LE SERGENT.

De payer sur le champ, Monsieur, pour éviter les frais qui excederont dans peu le principal.

ARLEQUIN *contrefaisant Eraste.*

Je ne suis point de cet avis-là moy, j'ay fait des refléxions sur le vin que j'ay bû, il étoit détestable.

LE SERGENT.

Cela étant ayez pour agréable de recevoir cette petite assignation.

ARLEQUIN.

Je vous suis obligé Monsieur le Sergent.

LE SERGENT.

Prenez-la, s'il vous plaît.

ARLEQUIN.

Je n'en feray rien vous dis-je.

*Dans le temps que le Sergent presente l'assigna-
tion à Arlequin, la Gnomide donne un soufflet au
Sergent, & déchire l'assignation en mille morceaux.*

LE SERGENT.

Quelle insolence . . . . un soufflet sur la face respecta-
ble d'un Sergent. . . . . déchirer une assignation !

ARLEQUIN *au Procureur.*

Ah ! cela n'est pas bien, vous avez tort.

LE SERGENT.

Manquer de respect à un membre de la Justice.

ARLEQUIN.

A quoy diable songiez vous donc ?

LE SERGENT.

Monsieur le Procureur je vous prens à témoin.

ARLEQUIN.

Bon, les Procureurs ne sont pas crûs en Justice.

LE PROCUREUR *à Arlequin.*

L'action est inique, & je ne voudrois pas être à votre
place.

ARLEQUIN.

Ny moi à la vôtre. . . . . *à Eraste,* c'est donc vous qui
avez donné le soufflet, & déchiré mon assignation, vous
m'allez faire de belles affaires.

ERASTE.

De quoy m'accuses-tu ? c'est toy-même qui as fait cette
sotise.

ARLEQUIN.

Moy, c'est donc par distraction.

LE PROCUREUR *à Eraste.*

Vous n'avez donc point autre chose à me dire, Monsieur Eraste ?

ERASTE.

Non, de grace laissez-moy tranquille?

ARLEQUIN.

Vous voulez qu'un Procureur, vous laisse tranquille ;
vous luy faites-là une jolie proposition.

LE PROCUREUR au Sergent.

Sortons, Monsieur Durillon...

LE SERGENT.

Je vais travailler pour toy, mon amy.

ARLEQUIN.

Que le diable t'emporte !

Dans ce temps-là, la Gnomide fait abîmer
le Sergent, qui crie.

LE PROCUREUR.

Que vois-je... qu'est-il devenu ?

ARLEQUIN.

Vivat, le Sergent ne me fera point d'affaire, à moins
qu'il ne revienne.

LE PROCUREUR.

Où suis-je ? dans quelle maison... Ah! fuyons au
plus vîte.

Dans ce temps là, la Sylphide fait voler
le Procureur.

ERASTE.

Quel spectacle effrayant ! Arlequin , que veut dire
ceci ?

ARLEQUIN.

Quoy cela vous surprend, un Sergent qui va à tous
les diables, & un Procureur qui vole; il n'y a là rien
que de très-naturel.

SCENE

SCENE CINQUIE'ME.
ERASTE, ARLEQUIN.
ERASTE.

JE ne sçais que penser, de tout ce que je viens de
voir.

ARLEQUIN.

Veritablement, il y a là quelque chose d'extraordinaire ; vous payez vos dettes, sans vous en appercevoir :
je donne un souflet, je déchire une assignation sans sçavoir que c'est moy, le Sergent & le Procureur dispa-
roissent en un moment, Monsieur, le diable se mesle de
nos affaires.

ERASTE.

Je veux absolument approfondir ce mystere.
ARLEQUIN.

N'en faites rien, mon cher Maître, vous seriez la vi-
ctime de votre curiosité.

Arlequin veut s'en aller.
ERASTE.

Où vas-tu ?

ARLEQUIN.

Je vais boire un coup pour me fortifier le cœur ;
car je sens qu'il veut prendre congé de moy.
ERASTE.

Non reste icy.

ARLEQUIN.

Quelque sot !

F

En s'en allant, la Gnomide prend Arlequin par le bras, & le fait danser.

ARLEQUIN.
Miſericorde, je ſuis mort.

ERASTE.
Qu'as-tu donc?

ARLEQUIN *tout épouvanté*.
Monſieur, on me fait danſer.

ERASTE.
Et qui?

ARLEQUIN.
C'eſt apparamment le diable de l'Opera.

Arlequin fait des lazis de peur, la Gnomide continuë à le faire danſer, & enſuite le fait tomber; Arlequin ſe releve, & s'enfuit en tremblant.

SCENE SIXIE'ME.

ERASTE LA SYLPHIDE *inviſible*.

ERASTE.

IL n'y a point d'eſprit fort, qui ne ſe rende à tout ce que je viens de voir, & je commence à croire tous les contes dont je me moquois; il faut que je déloge de cette maiſon, car mon pauvre Arlequin y mourroit de peur.

LA SYLPHIDE *en ſoupirant*.
Ah!

ERASTE.
On ſoupire, cela devient ſérieux, quel party prendre!

ma foy; pouffons à bout l'avanture; efprit fuis-je affez heureux pour vous être utile ? ne m'épargnez pas; je fuis tout à vous.

LA SYLPHIDE.

Hélas! vous pouvez me tirer de peine.

ERASTE.

Ne doutez point que je ne m'y employe de tout mon pouvoir, ordonnez.

LA SYLPHIDE.

Peut-être me refuferez - vous le fecours que je vous demande.

ERASTE.

Vous devez fçavoir, fi je fuis à portée de vous le donner.

LA SYLPHIDE.

Eh! oüy, mais . . .

ERASTE.

Comptez fur mon obéïffance.

LA SYLPHIDE.

Ne me promettés rien ; vous ne ferés peut-être pas le maître de me tenir parole.

ERASTE.

C'eft autre chofe, mais enfin, je vous promets d'entreprendre tout ce qu'un mortel peut tenter.

LA SYLPHIDE.

Songez-y bien, je fuis difficile.

ERASTE.

Vous n'exigerez de moy fans doute que des chofes faifables.

LA SYLPHIDE.

Nous ne nous entendons pas.

ERASTE.

Ce n'eft pas ma faute, expliquez-vous clairement.

LA SYLPHIDE.

Vous vous offrez à me servir, & je sçais que vous n'avez pas le cœur libre.

ERASTE.

Le cœur libre ! Comment aurois-je l'honneur de parler à un esprit femelle ?

LA SYLPHIDE.

Vrayment oüy.

ERASTE.

Cela étant ; je me retracte ; car suivant les apparences, ils doivent avoir de terribles caprices.

LA SYLPHIDE.

Moins que vous ne croyez, mais ils ont beaucoup de délicatesse, sçavent tout ce que les hommes pensent, & c'est le moyen de n'être jamais content d'eux.

ERASTE.

Si je parlois à une femme, je luy dirois tout le contraire, & que nous ne sommes mécontens d'elles, que parce que nous ne sçavons jamais ce qu'elles pensent.

LA SYLPHIDE.

Je conviens qu'elles ne valent pas mieux que vous.

ERASTE.

Oh ! doucement nous l'emportons sur elles.

LA SYLPHIDE.

Pour ne rien valoir.

ERASTE.

Non, non, s'il vous plaît ; il me semble que vous êtes un esprit un peu malin.

LA SYLPHIDE.

Point du tout, mais clairvoyant.

ERASTE.

Venons au fait, je vous prie, de quoy s'agit-il ?

LA SYLPHIDE.

Je vous aime.

ERASTE.

Vous m'aimez ; est-ce que les esprits peuvent aimer, ils n'ont point de corps ?

LA SYLPHIDE.

Cette question me fait bien voir que vous en avez un, oüy, Monsieur ils aiment, & avec d'autant plus de délicatesse, que leur amour est detaché des sens, que leur flâme est pure, & subsiste d'elle même, sans que les désirs, ou les degouts l'augmentent, ou la diminuent.

ERASTE.

Je vous avoüe que cette façon d'aimer ne me plairoit point ; je tiens un peu de l'homme, & mes passions ne me flatent que par l'espoir de les satisfaire ; il est vray que l'amour en est une qu'on ne sçauroit traiter avec trop de délicatesse, mais enfin il a son but, & nous autres humains, nous ne nous en proposerions aucun, avec une Maîtresse qui ne seroit qu'esprit.

LA SYLPHIDE.

Mais, nous prenons un corps, quand nos amans le veulent absolument.

ERASTE.

C'est pousser bien loin la complaisance, & vous êtes sans doute maîtresse de prendre la figure la plus charmante ?

LA SYLPHIDE.

Non, mon être m'a donné la mienne, & quand il me seroit permis d'en changer, je ne le ferois pas, je croirois y perdre.

ERASTE.

Oüy, c'est un esprit femelle, mais je m'étonne que sçachant ce qui se passe dans mon cœur, vous me fassiez l'aveu de votre tendresse ; car enfin vous n'ignorez pas qu'il est rempli de la plus violente passion qu'un amant ait jamais pû ressentir.

F iij

LA SYLPHIDE.

Oüy, je le fçais, & c'eft ce qui fait mon efpoir, & ma crainte; c'eft peut-être moy que vous aimez?

ERASTE.

Oh! non, je vous affure; j'adore une divinité, mais elle n'eft point phantaftique.

LA SYLPHIDE.

Plus que vous ne vous l'imaginez; n'eft-ce pas aux Thuilleries, qu'elle a fait votre conquête?

ERASTE.

Qu'entens je!

LA SYLPHIDE.

Cela vous étonne, ne fçais-je pas tout?

ERASTE.

Ah! de grace, apprenez-moy ce qu'elle eft devenuë; efprit genereux, ne me faites plus languir dans une attente que je ne puis plus fuporter, fans perdre la vie.

LA SYLPHIDE.

Que ce tranfport feroit charmant, fi je l'excitois; mais je crains trop, que ce ne foit pour une autre qu'il éclate, oüy, Erafte, c'eft peut-être moy qui vous cache votre Maîtreffe.

ERASTE.

Ah! cruelle, & fur quoy fondez-vous cette funefte jaloufie? pourquoy me priver d'un bien fi précieux? que vous ai-je promis, quel droit avez-vous fur mon cœur?

LA SYLPHIDE.

Je fuis une de ces trois Dames, que vous avez vûës aux Thuilleries; vous aimez l'une d'elles, mais fi ce n'eft pas moy. . . .

ERASTE.

Ce que vous me dites, ne peut être; quoy ces Dames fi charmantes . . .

LA SYLPHIDE.

Sont des Sylphides.

ERASTE.

Des Sylphides, peut-il y en avoir?

LA SYLPHIDE.

Erafte, ne faites point comme le refte des hommes qui doutent des chofes, parce qu'ils ne les comprennent pas; l'imagination humaine n'a qu'une foible portée, fçachez que les moins credules font les plus ignorans.

ERASTE.

Oüy, Madame, je vous crois, vous êtes Sylphide, & fans doute celle que j'adore; montrez-vous, je vous en conjure.

LA SYLPHIDE.

Que je me montre, & fi c'eft pour une de mes compagnes que vous foupirez, à quelle honte m'expoferois-je! je ne veux pas feulement vous entendre dépeindre l'objet de votre amour.

ERASTE.

Eh! Madame, puifque rien ne vous eft caché, ne de-vez-vous pas fçavoir, fi je vous aime?

LA SYLPHIDE.

Non, l'amour eft au deffus de nous, & nous n'avons le pouvoir de le connoître que dans les yeux de nos amans, lorfqu'ils s'attachent fur les nôtres.

ERASTE.

Eh! bien, il n'y a rien de fi facile, regardons-nous, car enfin, le moyen de fçavoir autrement, fi c'eft vous que j'aime?

LA SYLPHIDE.

La crainte de ne l'être point, me fait cherir mon in-certitude, l'efpoir au moins la foulage, & d'ailleurs ma paffion eft fi forte, qu'elle n'a pas befoin pour être éter-nelle de l'affurance, & du fecours de la vôtre.

ERASTE.

Eh! Madame, vous n'aimez point; ce rafinement eft trop défintereffé, le veritable amour abhorre l'incer-

titude, & nous ne devons rien épargner pour sçavoir
si nous plaisons à l'objet aimé.

LA SYLPHIDE.

Oüy, Monsieur, parce qu'il vous est très possible de
le quitter, en cas qu'il vous refuse du retour, voilà comme on pense, quand on aime pour soy-même ; ah ! Eraste, que vos sentimens sont differens des miens, il fau-
dra les changer au moins, si c'est moy qui ay le bonheur de vous plaire.

ERASTE.

Moy, Madame, je n'en changeray point, c'est aux
vôtres à se raprocher des miens, pour mon bonheur &
pour le vôtre, rien ne manque à ma tendresse, & nous
joüirons de la felicité la plus parfaite, si vous pensez
comme moy.

LA SYLPHIDE.

Quoy vous croyez me surpasser en délicatesse ? il y a
un peu d'orgüeil là-dedans.

ERASTE.

Mon aimable Sylphide, il n'y en a point, c'est à la
violence de mon amour que je devray l'honneur de vous
donner des leçons, montrez-vous donc, le cœur me dit
que c'est vous que j'adore.

LA SYLPHIDE.

Hébien je me rens, & vais m'exposer à être la victi-
me de votre obstination, allez aux Thuilleries, vous
m'y verrez avec une de mes compagnes, ne m'y parlez
point, & revenez ici m'instruire de votre sort & du
mien.

ERASTE.

Et pourquoy differer ?

LA SYLPHIDE.

Obéissez, Eraste, ne sçavez-vous pas que les amans
doivent être soumis dans les commencemens de leur

paffion, du moins ne me dérobez pas des égards qui me
font dûs fi légitimement.

ERASTE *s'en allant.*

Je ne replique pas, Madame.

LA SYLPHIDE.

Il ne va trouver que les deux Sylphides mes amies,
& fans me commettre, je feray inftruite de fes fentimens,
ah! puiffe-t'il ne voir en elles que deux objets indiffe-
rens! je tremble, qu'il ne vienne m'avoüer le triomphe
de ma rivale, & qu'il ne foit tranfporté d'une joye,
qui fera pour moy la fource de la plus vive douleur.

SCENE SEPTIE'ME.

ARLEQUIN, LA GNOMIDE *invifible.*

ARLEQUIN.

MOn Maître m'inquiete, je fuis encor affez bon pour
revenir icy... mais je ne le vois point, où eft-il
donc... ah! il fera fans doute allé tenir compagnie au
Sergent.

LA GNOMIDE *appellant Arlequin d'une voix douce.*

Arlequin.

ARLEQUIN *tremblant.*

Qu'entens-je, il m'appelle... ah! je fuis perdu.

LA GNOMIDE.

Raffure-toy, mon petit homme, ne crains rien pour
tes jours.

ARLEQUIN.

On me parle, & je ne vois perfonne.

LA GNOMIDE.

Je fuis pourtant auprès de toy.

ARLEQUIN.

Ah ! Monseigneur, vous allez être cause de ma mort.

LA GNOMIDE.

Au son touchant de ma voix, peus-tu me prendre
pour un homme, je suis d'une espece bien differente.

ARLEQUIN.

Etes-vous femme ?

LA GNOMIDE.

Non.

ARLEQUIN.

Fille ?

LA GNOMIDE.

Point du tout.

ARLEQUIN.

Ni homme, ni femme, ni fille, vous êtes donc un
lutin, un esprit follet.

LA GNOMIDE.

Encor moins, je suis une habitante de la terre, une
Gnomide, qui éprise de tes charmes, ay quitté ma pa-
trie, pour te rendre le plus heureux des mortels.

ARLEQUIN.

Maudite beauté, à quoy m'exposes-tu ?

LA GNOMIDE.

C'est moy, qui t'ay délivré de l'importun Sergent qui
t'obsedoit.

ARLEQUIN.

Vous avez trouvé là un fort joli expedient pour m'en
débaraffer, & qu'avez-vous fait du Procureur ?

LA GNOMIDE.

Une Sylphide, amoureuse d'Eraste, l'a envoyé dans
son élement.

ARLEQUIN.

Une Sylphide, une Gnomide, nous avons fait là de
belles conquêtes.

LA GNOMIDE.

Tu es plus heureux que tu ne penses ; j'ay de grands trésors en ma disposition, dont je veux te faire part.

ARLEQUIN.

Des trésors, la belle déclaration d'amour, & que faut-il que je fasse pour avoir ces trésors ?

LA GNOMIDE.

Me donner ton cœur, m'aimer.

ARLEQUIN.

Vous aimer, vous êtes donc vieille, puisque vous voulez acheter ma tendresse.

LA GNOMIDE.

Les Gnomides ne font point exposées aux désagremens de la vieillesse, nous conservons une fraicheur naturelle, que les années ne peuvent alterer, & quand tu me verras, tu ne douteras plus de cette verité.

ARLEQUIN.

Puisque vous êtes une habitante de la terre, je m'imagine que vous avez le teint.. là.. à peu près de la couleur d'un champignon.

LA GNOMIDE.

Tu te trompes, j'ay un visage de lys & de roses.

ARLEQUIN.

De lys, & de roses...je ne sens pourtant rien de bon.

LA GNOMIDE.

Tu es dans une impatience extrême de me voir, n'est-il pas vrai ?

ARLEQUIN.

Point du tout, j'aimerois mieux voirs vos trésors... en attendant l'honneur de votre presence lâchez moy quelque petit million seulement pour me mettre en goût.

LA GNOMIDE.

Avant que je te prodigue mes richesses je veux être sûre de ton amour.

ARLEQUIN.

Mais auſſi en valez-vous la peine ? ne ferai-je poine un mauvais marché ?

LA GNOMIDE.

Tu me fais-là une jolie queſtion.

ARLEQUIN.

Mais ſuppoſé que je me ſentiſſe du penchant pour vous, qu'eſt-ce que cela produiroit ?

LA GNOMIDE.

Je me rendrois viſible, je te comblerois de biens.

ARLEQUIN.

Ce dernier article merite reſléxion.

LA GNOMIDE.

Détermine toy, tu ignores le précieux avantage d'être aimé d'une Gnomide : toujours fideles, toujours complaiſantes ; nous ne quittons pas un inſtant l'objet que nous aimons.

ARLEQUIN.

Oh parbleu Madame, il faut un peu de relâche, cela devient à charge à la fin.

LA GNOMIDE.

Vous autres mortels vous ne ſçavez pas aimer.

ARLEQUIN.

Pardonnez - moy, mais cela ne va jamais juſqu'à l'excès. . . . mais quel ſera le but de cet amour ?

LA GNOMIDE.

De m'unir avec toy.

ARLEQUIN.

Et quand je ſeray votre époux m'aimerez-vous toujours de cette force-là ?

LA GNOMIDE.

Sans doute.

ARLEQUIN.

Quel chien d'amour. ! . . . & me conduirez-vous dans votre ſouterrain ?

Affurément.

ARLEQUIN.

Le beau plaifir de s'enterrer tout vif avec fa femme !
mais à propos fait-on bonne chere dans votre pays ? y
a-t'il des Rotiffeurs, des Cabaretiers ?

LA GNOMIDE.

Non, nous laiffons ces viandes groffieres aux enfans
des hommes.

ARLEQUIN.

Et dequoy vivez-vous donc, s'il vous plaît ?

LA GNOMIDE.

Du refte de la plus pure fubftance de la rofée pour
la vegetation des plantes & des mineraux.

ARLEQUIN.

Voilà une nourriture bien legere.

LA GNOMIDE.

C'eft juftement pour cela que les maladies ne trou-
vent point d'accès chez nous, & pour nous en garantir nous avons grand foin de vous renvoyer toutes les
vapeurs de la terre.

ARLEQUIN.

Vous nous faites là de fort beaux prefens.

LA GNOMIDE.

Aime moy mon mignon, ma felicité dépend entierement de toy.

ARLEQUIN.

Il faut que je vous voye avant que de vous rien promettre.

LA GNOMIDE.

Je m'offriray bien-tôt à tes yeux avec tous mes appas,
& je me flatte que ma figure t'infpirera les fentimens
les plus vifs. Adieu pour un moment. . . . je vais prendre un corps.

ARLEQUIN.

Prenez le bien joly au moins ; & furtout n'oubliez

pas les trésors, car sans cela je n'ay que faire de vous.

LA GNOMIDE.

Tu seras content . . . . . je te le promets.

***

SCENE HUITIE'ME.

ERASTE ARLEQUIN.

ARLEQUIN *voyant Eraste.*

AH! Monsieur, vous venez bien à propos, je ne suis pas encor remis de ma frayeur.

ERASTE.

D'où peut naître cette agitation?

ARLEQUIN.

Il y a près d'un quart d'heure que je suis ici en conversation.

ERASTE.

Avec qui?

ARLEQUIN.

Avec personne, Monsieur.

ERASTE.

Que veux-tu dire?

ARLEQUIN.

Je m'entens bien, je me suis entretenu avec une voix qui est allée prendre un corps.

ERASTE.

La Sylphide se sera sans doute divertie à ses dépens.

ARLEQUIN.

Non Monsieur, je ne vais point sur vos brisées, c'est une Gnomide qui est amoureuse de moy à la folie.

ERASTE.

Une Gnomide!

ARLEQUIN.

Oüy vraiment, croyez-vous qu'il n'y ait que vous

qui puiffiez exciter de belles paffions ; mes attraits pe-
netrent jufque dans le centre de la terre.

ERASTE.

Et que t'a-t'elle dit ?

ARLEQUIN.

Les plus jolies chofes du monde ; elle m'a promis tant
de richeffes, tant de tréfors ; allez ne vous mettez point
en peine, j'auray foin de vous.

ERASTE.

Quelle avanture extraordinaire !

ARLEQUIN.

Cela me confond, je n'aurois jamais crû être fi
beau. . . . . Mais d'où venez-vous prefentement ?

ERASTE.

Des Thuilleries, où j'ay inutilement cherché la beauté
qui m'a charmé ; je fuis au defefpoir Arlequin, & je vois
bien que je ne fuis point aimé de celle que j'adore ; elle
fe cache à mes yeux, je n'ay vû que fes deux compagnes.

SCENE NEUVIE'ME.

LA SYLPHIDE *vifible*. ERASTE. ARLEQUIN.

LA SYLPHIDE.

JE n'en puis plus douter, je fuis aimée, paroiffons. . .
Puis-je me flatter Erafte que celle que vous voyez. . .

ERASTE.

Ah ! Madame, c'eft vous, que je fuis heureux ! oüy
vous êtes cet objet charmant dont le premi regard s'eft
pour jamais affervi ma liberté ; & pourqu   vous cacher
fi long-tems ? eft-ce avec tant de charmes que l'on doit
douter de fon triomphe ?

LA SYLPHIDE.

Erafte, on ne croit jamais en avoir affez pour captiver ce que l'on aime.

ARLEQUIN.

Comment diable, les Sylphides font fort jolies, mais je fuis fûr que ma Gnomide eft bien plus belle.

ERASTE.

Madame, eft-il permis aux mortels d'afpirer à un bonheur fi précieux.

LA SYLPHIDE.

Oüy Erafte, quand ils ont un cœur comme le vôtre ; vous avez fans me connoître renoncé à un hymen qui pouvoit vous rendre heureux, ce facrifice m'eft trop cher pour que vous n'en obteniez pas le prix qu'il me-rite, la generofité & la délicateffe des fentimens égalent les hommes aux fubftances les plus épurées.

ERASTE *luy baifant la main.*

Que ne vous dois-je pas.

ARLEQUIN.

Vous voilà donc d'accord, j'en fuis charmé. . . . paroiffez Gnomide de mon ame, paroiffez avec votre teint de lys & de rofes, & faites voir à mon Maître la difference qu'il y a de ma conquête à la fienne.

SCENE DIXIE'ME.

LA GNOMIDE *vifible.* LA SYLPHIDE. ERASTE, ARLEQUIN.

LA GNOMIDE.

J'Obéïs à tes ordres, me voilà cher objet de mes feux.

ARLEQUIN.

Ohimé, que vois-je ! c'eft une taupe.

LA GNOMIDE.

Comment dois-je interpreter ton étonnement, eft-ce admiration ?

ARLEQUIN.

ARLEQUIN.

Non vraiment, c'est épouvante, allez ma mie ce n'est point avec une pareille figure que l'on doit aspirer à ma possession.

LA GNOMIDE.

Perfide, scelerat, quoy tu voudrois te dédire ?

ARLEQUIN.

Que ne vous êtes-vous montrée tantôt, je ne vous aurois point donné d'esperance.

LA GNOMIDE *pleurant.*

Ingrat, tu me mes au desespoir.

ARLEQUIN.

La charmante larmoïeuse.

LA GNOMIDE *pleurant plus fort.*

Ah ah ! je n'en puis plus.

ARLEQUIN.

Voilà des pleurs fort touchans, mais il n'y a rien à faire.

LA GNOMIDE *pleurant encore plus fort.*

Ah ah ah ah !

ARLEQUIN.

Payez-vous de raison . . . vous êtes si laide

LA GNOMIDE.

Que je suis malheureuse, d'être obligée d'étrangler un si joli petit homme !

ARLEQUIN.

Qu'appellez-vous m'étrangler ?

LA GNOMIDE.

Oüy, mon fils, il faut m'y résoudre malgré moy.

ARLEQUIN.

Et pourquoy donc cela ?

LA GNOMIDE.

C'est notre coutume, quand nous avons tant fait que d'aimer, & que nous trouvons un ingrat, nous l'étranglons d'abord, mon amy.

G

ARLEQUIN.

Voilà une fort jolie coutume.

LA SYLPHIDE.

Crois-moy, Arlequin, fais la chofe de bonne grace.

ARLEQUIN.

Cela vous eft bien aifé à dire, mais où font ces tréfors qu'elle m'a promis; elle ne m'a donné jufqu'à prefent que des truffes.

LA GNOMIDE.

Tu vas être fatisfait dans l'inftant.

Il fort de deffous terre deux vafes foutenus par des figures de Gnome, Arlequin puife dans l'un & dans l'autre, fait en même temps des lazis de joye, & de dégout pour la Gnomide.

LA GNOMIDE.

Hébien, Arlequin te rens-tu?

ARLEQUIN.

Allons, touchez-là, je ne ferai pas la premiere beauté que les richeffes auront féduite.

LA GNOMIDE.

Je fuis au comble de mes vœux.

LA SYLPHIDE.

Je ne vous offre point de richeffes, Erafte, vous n'y feriez pas fenfible; mais les douceurs que je vous prépare vaudroir bien les prefens de la Gnomide.

ERASTE.

Ah! Madame, il n'eft point pour moy de félicité plus parfaite que celle d'être aimé de vous.

LA SYLPHIDE.

Suivez-moy, Erafte, je vais dans un inftant vous tranfporter dans le Palais dont vous devez être le Maître.

LA GNOMIDE.

Et moy, Arlequin, je vais te conduire dans le mien,

Arlequin & la Gnomide s'abiment.

ARLEQUIN *avant que de décendre par la trape, dit :*
Adieu, mon cher Maître, je vous souhaite un bon
voyage.

*Le Théâtre change & réprésente le Palais
de la Sylphide.*

SYLPHES ET SYLPHIDES.

DIVERTISSEMENT.

Une Symphonie gracieuse, précede l'air suivant.
UN SYLPHE.

L'amour dans ces belles retraites,
Se plaît à combler nos désirs ;
Jamais les craintes inquiétes,
N'y viennent troubler nos plaisirs :
Nous jouissons, dans cet azile,
D'un sort doux & tranquille,
Exempts des noirs soucis, libres de soins fâcheux ;
Nous paroissons tels que nous sommes,
Et nous serions bien moins heureux,
Si nou vivions parmi les hommes.

Danse de Sylphes & Sylphides.

UN SYLPHE ET UNE SYLPHIDE.
Dans cette demeure charmante,
Regnés plaisirs ; volés amour.

LE SYLPHE.

Que tout nous enchante,
Dans ce beau séjour,

G ij

Que chacun en ce jour,
Aime à son tour.

A DEUX.

Dans cette demeure charmante,
Regnés plaisirs, volés amour.

LA SYLPHIDE.

Que Venus, & toute sa Cour,
Rendent cette fête brillante.

A DEUX.

Dans cette demeure charmante,
Regnés plaisirs, volés amour.

On danse.

VAUDEVILLE.

Dans une heureuse intelligence,
Nous goutons le sort le plus doux,
L'envie & la médisance,
Ne résident point chez nous;
Mortels, quelle difference,
Vivez-vous ainsi parmi vous.

Exempts de toute défiance,
Rien n'inquiéte nos époux;
Certains de notre constance,
Ils ne font jamais jaloux;
Mortels, quelle difference!
Vivez-vous ainsi parmi vous.

Bien loin d'encenser l'opulence,
Ici nous nous estimons tous,

L'égalité nous dispense,
D'un soin indigne de nous;
Flateurs, quelle difference!
Vivez-vous ainsi parmi vous,

Les faveurs que l'amour dispense,
Ne se révelent point chez nous,
Plus nous gardons le silence,
Et plus nos plaisirs sont doux;
François, quelle difference!
Vivez-vous ainsi parmi vous,

Un pauvre Auteur dont l'esperance,
Est de vous attirer chez nous,
Est plus triste qu'on ne pense,
Quand sa Piece a du dessous,
Pour luy quelle difference!
Lorsque vous applaudissés tous,

FIN.

APPROBATION.

J'Ay lû par ordre de Monseigneur le Garde des Sceaux
La Sylphide, la Foire des Poëtes, & l'Isle du divorce,
Comedies, & j'ay crû que l'impression en feroit plaisir
au Public. Fait à Paris ce quinziéme Septembre 1730.

HOUDAR DE LA MOTTE.

PERMISSION SIMPLE.

LOUIS par la grace de Dieu, Roy de France & de Navarre, à nos amez & feaux Conseillers les Gens tenans nos Cours de Parlement, Maîtres des Requêtes ordinaires de notre Hôtel, Grand Conseil, Prevôt de Paris, Baillifs, Senéchaux, leurs Lieutenans Civils, & autres nos Justiciers qu'il appartiendra; SALUT. Notre bien amé le Sieur ROMAGNESI l'un de nos Comediens ordinaire de notre Comedie Italienne, Nous ayant fait supplier de luy accorder nos Lettres de Permission pour l'impression de plusieurs Pieces intitulées, *La Sylphide, la Foire des Poëtes, l'Isle du Divorce, Comedies,* offrant pour cet effet de les faire imprimer en bon papier & beaux caracteres suivant le feüille imprimée & attachée pour modele sous le contrescel des Presentes, Nous luy avons permis & permettons par ce Présentes de faire imprimer lesdites Pieces cy-dessus specifiées en un ou plusieurs volumes, conjointement ou séparément, & autant de fois que bon luy semblera, & de les faire vendre & debiter par tout notre Royaume pendant le tems de trois années consécutives, à compter du jour de la date desdites Présentes : Faisons défenses à tous Libraires Imprimeurs, & autres personnes de quelque qualité & condition qu'elles soient, d'en introduire d'impression étrangere dans aucun lieu de notre obéïssance; à la charge que ces Présentes seront enregistrées tout au long sur le Registre de la Communauté des Libraires & Imprimeurs de Paris, dans trois mois de la date d'icelles; que l'impression de ce Livre sera faite dans notre Royaume & non ailleurs, & que l'Impétrant se conformera en tout aux Reglemens de la Librairie, & notamment à celuy du dixième Avril mil sept cens vingt-cinq, qu'avant que de l'exposer en vente, les Manuscrits ou Imprimez qui auront servi de copie à l'impression desdites Pieces, seront remis dans le même état où l'Approbation y aura été donnée ès mains de notre très-cher & féal Chevalier, Garde des Sceaux de France, le Sieur CHAUVELIN, & qu'il en sera ensuite remis deux Exemplaires dans notre Bibliotheque publique, un dans celle de notre Château du Louvre, & un dans celle de notredit très-cher & féal Chevalier, Garde des Sceaux de France, le Sieur CHAUVELIN, le tout à peine de nullité des Présentes : Du contenu desquelles vous mandons & enjoignons de faire jouir ledit Sieur Exposant ou ses ayans cause, pleinement & paisiblement, sans souffrir qu'il leur soit

fait aucun trouble ou empêchement ; Voulons que la copie desdites Présentes qui sera imprimée tout au long au commence-
ment ou à la fin desdites Pieces, foy soit ajoûtée comme à
l'Original : Commandons au premier notre Huissier ou Sergent,
de faire pour l'execution d'icelles tous actes requis & nécessaires,
sans demander autre permission , & nonobstant clameur de Haro,
Charte Normande , & Lettres à ce contraires : CAR tel est
notre plaisir. DONNE' à Paris le vingt-huitiéme jour du mois
de Septembre , l'an de grace mil sept cent trente : Et de notre
regne le seiziéme. Par le Roy en son Conseil,

SAMSON.

Nous avons cedé & transporté cette Permission au Sieur
LOUIS-DENIS DELATOUR Libraire & Imprimeur à Paris, suivant
l'accord fait entre nous. A Paris, ce premier Octobre mil sept
cent trente.

ROMAGNESI. DOMINIQUE BIANCOLELLY.

*Regiftré sur le Regiftre VIII. de la Chambre Royale des
Libraires & Imprimeurs de Paris, N°. 20. Fol. 21. conformé-
ment aux anciens Réglemens , confirmez par celui du vingt-
huit Fevrier 1723. A Paris le deux Octobre mil sept cent
trente.*

P. A. LE MERCIER, Syndic.

Vaudeville de l'Isle du Divorce.

Fem-me sui-vant no-tre mé-tho-de Sans fac-tum mé-moi-re et pla-cêts, Si-tôt qu'un é-poux l'in-com-mo-de, Sçait s'en dé-fai-re à peu de frais, et ce n'est pas i-ci la mo-de De lui fai-re un mau-vais pro-cès.

L'audeville de la Sylphide.

Dans u-ne heu-reu-se in-tel-li-gen-ce nous goûtons le sort le plus Doux: L'en-vi-e et la mé-di-san-ce Ne ré-si-dent point chez nous; Mor-tels, quel-le dif-fé-ren-ce! Vi-vez-vous ain-si par-mi Vous?

www.ingramcontent.com/pod-product-compliance
Lightning Source LLC
Chambersburg PA
CBHW071110260626
47162CB00006B/2282